Rue de Rome

6, rue de Mézières, 75006 Paris - France
www.desfemmes.fr

ISBN : 2-7210-0530-8
EAN : 9782721005359

Diffusion CDE

Pomme Jouffroy

Rue de Rome

des femmes
Antoinette Fouque

Aussi longtemps que nous sommes, la mort n'est pas et lorsque la mort est nous ne sommes pas ; par conséquent il n'y a entre la mort et nous aucun rapport réel, elle est une chose qui ne nous regarde pas, qui regarde tout au plus le monde et la nature et c'est en effet pourquoi tous les êtres l'envisagent avec un grand calme, une indifférence, une irresponsabilité et une innocence égoïstes.

Thomas Mann

I

Croire encore aux fadaises du sommeil réparateur : éteindre pour taire la lumière et la rumeur et laisser se suspendre la conscience après un sursaut, simulacre de chute. Ou leur désobéir et garder les yeux grands ouverts pour surveiller l'aube de la rentrée des classes qui se lève, dirigée par la baguette du chef d'orchestre : brelan de notes pour trompette. *La*, une fille un peu ronde. *Si* bécarre, à la voix trop haut perchée. *Do* noir, les violons seuls ne me jugeront pas. Bémol : noyade toujours possible. Dans un même élan, je me suis levée et j'ai rempli la bouilloire grise au fondement évasé. L'eau coule avec force, tambourine le métal, puis le bruit s'amenuise avec le niveau qui monte.

J'entendais ma mère levée la première, dans le sommeil déjà réparateur d'une panne incertaine, entrechoquer les tasses et les couverts, le jet issu du robinet s'effilait et me laissait encore quelques minutes pour que le moteur, déposé au plus chaud de mes draps, embraye. Le café passait. Enfin les mots, comme l'eau, amincis dans l'entrebâillement lumineux, « c'est l'heure », m'obligeaient à sortir du lit.

Au téléphone la voix sèche d'une femme m'a interrompue.

– Il ne reçoit jamais les apprentis.

Risquer de le confondre pour ne l'avoir jamais vu : insister.

La bouilloire assise sur le Camping-gaz chuinte, l'eau ne bout pas encore. Je la verse petit à petit sur le café qui s'imbibe, gonfle par en dessous, les boursouflures éclatent en silence.

Insister.

– Je préférerais le rencontrer.

– Je vais voir.

Le combiné posé sur une surface dure m'a assourdie, les pas se sont éloignés dans une pièce qui sonnait le vide. Les talons sur le plancher sont revenus après un temps sans mesure pendant lequel soudain l'inconvenance de ma demande m'a accablée.

– Vendredi dix-sept heures trente.

M'expliquant l'absence de devanture, elle s'est enquise de savoir si je connaissais l'adresse.

Le café coule goutte à goutte tandis que le marc, que j'arrose d'un coup, sèche.

Une nuit sans lune, noire comme l'as de pique, je retrouverais chaque chêne de la forêt, mais la rue de Rome pourrait se jeter dans le Mékong je n'y verrais que du feu. En feuilletant le petit livre rouge je me suis perdue dans les labyrinthes de cette ville immense aux maisons collées, ne parvenant jamais à l'atelier sans devanture. J'ai pointé dans le VIIIe, A5, puis j'ai plongé dans le brouhaha du métro.

L'esprit pratique de ma mère a repéré d'emblée la commodité du quartier qui me permettrait d'aller à pied à mon travail. Inutile de la contrarier, les claquements du métro pour lesquels je préfère voyager sous terre plutôt que de marcher dehors lui sont étrangers. Deux bols ! Ils n'allaient pas faire des frais en plus, je n'avais qu'à me débrouiller, les laver après m'en être servi. Fabriqués à la poterie d'Argent, choisis parmi les déclassés pour des anicroches à peine visibles sur une étagère surmontée d'un panneau : deuxième choix. Elle les tournait dans sa main avec précaution, détectant les fêlures qui les auraient fragilisés. Il n'y a jamais eu d'autres bols dans ma vie : gris clair dedans et marron vernissé dehors avec les oreilles pour les attraper sans se brûler. « Le meilleur moyen d'être à l'heure c'est d'arriver en avance », l'exactitude qui est la politesse des rois rangée à côté du sommeil réparateur me colle à la peau.

Julien luthier. Sur la plaque dorée, l'avance préconisée m'ayant permis de faire plusieurs fois le tour du pâté de maison, le nom ressortait en noir, Julien de biais comme écrit à la main, et luthier bien droit en caractères d'imprimerie. Les vitrines alignées sur la rue en pente, regorgeant d'instruments rutilants, correspondaient à la description d'Arsène, si j'avais voulu un violon je n'aurais eu que l'embarras du choix.

Attention au café trop chaud, les ampoules sur le palais m'empêcheraient de rien goûter jusqu'à la fin de la semaine.

Après trois tours, j'ai appuyé sur le bouton en dessous de Julien en biais, la vibration courte a ouvert une petite porte dans le porche. Je ne savais pas lesquels, de mon cœur ou de mes chaussures, faisaient le plus de bruit sous la voûte. Au fond de la cour, en haut de quelques marches, le long d'une porte aux vitres opacifiées par des pétales de verre, la jumelle de la première plaque, dorée avec Julien luthier en noir, clignait de l'œil. La voix du téléphone, femme, cheveux gris, mise impeccable, assise derrière un bureau :

– J'ai rendez-vous avec monsieur Julien.

– Je sais.

Le lait dessine des volutes nuageuses qui remontent à la surface du café. Trois couches : le pain croquant, le beurre frais et la confiture de rhubarbe gluante, une bouchée, les fibres des cardons de rhubarbe restent entre les dents. Un délice de ma grand-mère, acide et sucré.

– Je vais le chercher.

Les talons m'abandonnent au silence, les violons logent ailleurs et rien ne dit qu'ils ne les rangent pas dans des casiers comme les boutons et le brillanté d'Alger chez la mercière.

L'immensité des feuilles de rhubarbe m'a fait croire que j'avais pu naître dedans : ils m'avaient trouvée enveloppée dans le fouillis des tiges roses un matin. J'ai eu ma mère comme institutrice, elle agissait de façon à ce qu'aucun soupçon de favoritisme ne pèse sur elle, et comme elle avait un talent certain pour jouer l'indifférence, la rhubarbe aidant, je me persuadais de n'être pas sa fille. Ce d'autant qu'à part moi, la rhubarbe ne produisait que de la confiture. Quand je leur ai dit que je n'irais pas à la faculté nous étions attablés.

– Je veux travailler le bois.

Mes mains posées au bord de l'assiette, le bois comme celui de la table qu'ils ont recouverte de Formica pour la facilité d'entretien, beige avec les fausses traînées qui imitent le chêne, le plat de mes mains sur cette matière froide et propre cherchait la chaleur perdue. J'aurais aussi bien pu m'adresser aux murs, sauf que les murs ne m'auraient pas répondu :

– Qu'est-ce que tu as dis ?

– Le bois.

D'une seule voix.

– Il n'en est pas question.

– Il arrive, je vais remplir votre fiche.

Elle a raison, il faut se méfier des gens qui sont nés dans la rhubarbe, on ne sait jamais quelle bizarrerie leur passe par la tête.

– Votre adresse.
– 25 rue des Martyrs.
– Votre téléphone.
– Je n'ai pas de téléphone.

Vous pensez, deux bols réchappés, alors le téléphone !
– La date de votre CAP.
– J'ai le bac depuis le mois de juin.

Comment auraient-ils compris le bois ? Au bout de notre rue le château de Barbe Bleue reflète ses murs blancs et son toit d'ardoise dans les douves. L'atelier d'Arsène fait l'angle juste avant l'esplanade.

J'aurais pu supposer à la lourdeur de son pas, mais comment prévoir, à quoi ressemblerait l'homme, ce visage carré. La main tendue vers moi en entrant, il a dit bonjour d'une voix forte et il a broyé mes phalanges. L'envie de secouer très fort ma main m'a fait baisser les yeux mais quand il m'a demandé dans quelles maisons j'étais passée, je l'ai fixé à nouveau.

– Aucune, monsieur, je ne connais rien du métier, je suis venue l'apprendre chez vous.
– Chez moi ?
– Oui monsieur.
– Eh bien, on vous l'apprendra.

Sa main tendue de nouveau vers la mienne encore meurtrie, il est reparti court et massif, l'entretien terminé. La voix du téléphone a dit à lundi et j'ai bredouillé au revoir en tournant le bouton de la porte.

Mon père dans sa colère marmonnait : sa fille, une punition du bon Dieu, une gamine aussi entêtée, un formidable gâchis, une si bonne élève, ne devait pas travailler de ses mains. Il conjurait Dieu, qui n'y pouvait rien, de considérer la situation et de pallier son impuissance.

– Passe ton bac et nous en reparlerons.

Avec l'espoir évident que si je ne l'avais pas, redoubler une terminale me mettrait du plomb dans la cervelle. Pas de chance, mention bien. Il a tenté de me ramener à la raison en me parlant sur le ton qu'il choisit en expliquant aux cancres que *x* signifie n'importe quoi, qu'il suffit d'imaginer des bonbons ou des bananes. *X* égale la faculté de droit, *y* une juriste dont la société aura toujours besoin et en bas de la courbe exponentielle d'une brillante carrière en laquelle il croit à défaut de croire en Dieu, *z* la sculpture sur bois pour me faire plaisir. Dans ma rhubarbe, rien de plus précieux qu'une courbe d'équation inconnue, imprévisible et la plus proche possible du tableau de Kandinsky sur la couverture de mon livre de maths.

– Je ne veux pas faire des ronds de serviette et des saladiers en liège, je veux faire un vrai métier.

– Et bien trouve un vrai métier !

X sa fausse patience, *y* sa pédagogie plus efficace en cours qu'à la maison, *z* je travaillerais le bois. Na !

– Et arrête de me casser les oreilles !

Qui casse qui ? Sa fierté ? Il ne sait pas planter un clou. À force de ne croire qu'aux neurones, ils me mitonnaient de la cervelle d'agneau fade et molle en me persuadant que ça rendait intelligente. Un animal aussi stupide ? Chacun vérifiait à sa manière que mes synapses fonctionnaient correctement : mon père m'obligeait à recommencer mes devoirs de maths en omettant de me dire où se trouvait l'erreur, ma mère relisait mes dissertations sans corriger les fautes d'orthographe pour que le sacro-saint principe de l'égalité scolaire soit respecté : utopie supplémentaire de leur éducation. Ma substance grise désorganisée par la myéline agnelle s'est inévitablement vrillée dans les sifflements de la scie à ruban et les stridulations de la toupie. Depuis bien avant ma naissance le chêne que choisit Arsène sèche dans le hangar, il fait glisser les planches pour découvrir celles du dessous et mesurer leur largeur dont il soustrait l'aubier avec le mètre pliant sorti de sa poche et ouvert d'une seule main. Parce que mes parents l'avaient interdit, j'allais aux douves pour sentir mon ventre se serrer devant l'eau noire et profonde qui digérait le fantôme de Gilles de Rais, où quelques poissons froissaient la surface comme se hérissaient les poils sur mes bras. Heureusement l'ombre sinistre du violeur de petits garçons ne rentrait pas dans l'atelier d'Arsène. Quand, sur le pas de sa porte, il me disait bonsoir, sa voix profonde, faisant fuir l'ogre et la mort, me rassurait. Un soir j'ai mis fin à mes peurs entretenues en ne poursuivant pas mon chemin, je suis entrée et me suis assise dans le bruit de l'atelier, sur une vieille bille de bois.

Ma mère n'écoutait pas le propriétaire lui vanter la subtilité de son installation de douche dans la soupente, elle ne pensait qu'aux vécés sur le palier, la douche, je pouvais, comme elle, me laver au lavabo avec un gant, mais les vécés communs avec des inconnus infestés de maladies larvaires et sauteuses la poussaient à m'abreuver de recommandations impraticables. À moins de nettoyer la cuvette au karcher il fallait faire ses besoins en suspension. Je pisse dans le lavabo, une demi-fesse pour ne pas le décrocher du mur, c'est plus pratique que de sortir sur le palier. En revanche la douche relève d'un génie du bricolage, le bac sur roulette se tire, la vidange se branche sur le lavabo et je profite tous les matins de cette bénédiction. Ma mère a six frères éparpillés qui se ressemblent tous et une sœur aînée qui l'a élevée, je n'ai pas connu mes grands-parents. Ma tante m'a raconté le métayage, la terre qui ne leur appartenait pas, la menace toujours qu'on les jette à la porte, surtout que la réputation du grand-père, penché sur la terre, de l'aube au coucher jusqu'à mourir en plein champ, communiste parce qu'il travaillait dans une biscuiterie à Paris pendant le Front Populaire, les poursuivait toujours. À cause de la pauvreté, ma mère connaît la forêt caillou par caillou, elle y ramassait le bois mort pour le feu et la paille sur laquelle on faisait sécher les fromages, en devenant institutrice parce que son père avait désiré que la dernière ait un métier, elle n'a rien oublié, elle m'y a menée depuis toute petite ramasser les champignons. À la ferme de mes grands-parents paternels, tous les lundis, le camion vient embarquer les cageots en peuplier remplis de poireaux de betteraves et de carottes qui partent pour les halles de Paris. Toute ma famille travaille la terre, ils en ont sous les ongles et dans les plis des mains, ils scrutent le ciel le matin en buvant leur café debout, et quand ils rentrent de la messe le dimanche où ils se sont un peu assis pendant l'office, ils ôtent leur beau costume pour traire les vaches. Les moines ont décrété que mon père devait continuer l'école, il est devenu professeur de mathématiques. Mes grands-parents auraient préféré qu'il reprenne la ferme.

J'ai freiné la scie à ruban pour que ma voix puisse, sans nécessité de crier, atteindre Arsène qui tournait le bois dans sa main.

– Dans les métiers du bois, il n'y en a pas un que vous auriez voulu faire, que vous regrettez ?

Son regard furète sous la visière de sa casquette pendant qu'il travaille mais s'il veut me voir et me parler, il est contraint de lever la tête.

– Les métiers du bois ? D'abord il n'y en a pas tant que ça.

Il se dirigeait lentement vers la toupie, concentré sur les finitions de l'ouvrage alors qu'il le commençait à peine.

– Il en faut qui pensent à planter des arbres.

Sans quitter le bois des yeux, son corps s'est penché et le bras gauche fléchi a tourné le bouton.

– Et attendre bien après que ceux qui les ont plantés soient morts.

Au contact du bois qu'il moulurait la toupie a hurlé ; pour couvrir la machine, il parlait fort à présent.

– Pour couper les arbres, les bûcherons travaillent l'hiver quand les feuilles sont tombées, ils ont les doigts engourdis avec des crevasses et des engelures et comme ils reçoivent les arbres sur la tête ils ne vivent pas vieux.

La moulure terminée, j'ai tourné la Bakélite rouge d'un quart de tour et sa voix a baissé d'un ton.

– J'ai connu des scieurs de long qui vivaient dans la tradition, celui du dessous portait un grand chapeau pour ne pas recevoir la sciure dans les cheveux, ils chantaient les soirs de veillée, mais ça a disparu, tout est devenu industriel comme à la scierie de Vitry-aux-Loges, c'est pas fait pour moi.

Quelque chose le tracassait, il a changé le fer contre un qu'il avait fait lui-même, il a remis la toupie en route et il a essayé sur l'autre côté.

– C'est mieux, tu veux bien me dessiner la coupe de ces planches pour préparer les panneaux avant de les moulurer. Tu sais les métiers du bois, à part la charpente que je connais bien il y en a dont je n'ai pas idée. La tonnellerie, la marqueterie, la lutherie par exemple.

– La lutherie ?

– Passe les planches veux-tu ? Les luthiers fabriquent des violons et des guitares mais c'est à part.

Il vérifiait, en plaçant les planches à l'aplomb de son œil, que je les avais coupées droites avant de s'en servir, et ne grommelait pas trop.

– Quand tu fais une table il suffit qu'elle soit d'aplomb sur ses quatre pieds, mais un violon rends-toi compte : en prime, il faut qu'il fasse de la musique.

Le crayon glissait habilement sur le bois le long de la règle, un trait vers le haut, un trait vers le bas et un tour de valse au milieu. En rentrant à la maison je tournais sur moi-même, j'ai ouvert mon inséparable compagnon : *le Petit Robert*, dont j'ai toujours avalé des colonnes entières sous prétexte d'un mot, et j'ai cherché luthier. *Luthier, 1649 ; de luth. Artisan en lutherie, fabricant de violons, altos, guitares, etc., les luthiers de Crémone. Lutherie, 1767 ; de luthier. Métier et commerce de luthier, fabrication des instruments à cordes, et à caisse de résonance ; ensemble de ces instruments.* Trouve un vrai métier avait hurlé mon père.

– Je veux être luthier.

– Quoi ?

– Luthier, fabricant de violons.
– Et comment fait-on ce métier ?
– On apprend.
– Et où, et comment ?
– On va en apprentissage chez un luthier.
– Et on le trouve où le luthier qui va t'apprendre ?
– À Paris.

Mon lit, selon le rite de l'exactitude raccommodeuse et du sommeil des rois auquel s'ajoute celui de comme on fait son lit on est à l'heure, est fait au carré. Je rince le bol de café que j'essuie et que je range dans son *alter ego*. À double tour je ferme la porte, si on me volait mes bols, personne ne s'en remettrait. De ma porte jusqu'au fond du métro je dégringole : dans l'escalier mes semelles, un deux trois, un deux trois, le galop d'un petit cheval pressé, dans la rue des Martyrs je ne m'entends plus marcher, les commerçants crient, les empilements de cageots remplis de légumes dépassent les hommes qui les charrient, la terre qui s'en échappe, quelques grains, vient de chez moi. Les marches du métro font ding ding avec leurs barres métalliques sur les fers de mes chaussures. Stop le quai, le boucan de la rame arrive. En revenant il faudra tout remonter. Moins vite.

Les horribles histoires de doigts pris dans les machines m'ont appris à ne jamais l'interrompre pendant qu'il travaille.

– Ça va petite.

Depuis le temps où je me faisais peur avec l'amoureux de Jeanne d'Arc – quelle idée saugrenue de s'amouracher d'une qui va mourir pucelle – j'ai grandi au point de dépasser l'homme dont la stature me rassurait tant. Et s'être rabattu sur les petits garçons faute de mieux, pour finir plus mal encore que la donzelle : grâce à son repentir, ils ont accepté de le tuer avant de le pendre par les pieds ! Tu parles d'une faveur !

– Ça va.

De la partie calleuse de sa main, les doigts comme suspendus, il essuyait une planche, je n'osais pas le regarder.

– Dis Arsène, un luthier tu en connais un ?

– J'en connais pas personnellement mais je sais où en trouver, pourquoi tu veux t'acheter un violon ?

Le vrombissement des machines aurait quelque peu étouffé mon embarras mais elles restaient muettes.

– À Paris c'est facile les métiers sont regroupés par quartiers, j'ai fait mon apprentissage faubourg Saint-Antoine, d'ailleurs on disait le Faubourg c'est tout, c'est là que sont les métiers du meuble, menuisiers, ébénistes, ensembliers, décorateurs. Les luthiers sont rue de Rome à côté de la gare Saint-Lazare.

– Tous ?

– Pas tous mais assez pour acheter un violon.

Le bois sous sa main ne me laissait aucun répit.

– À moins que ce ne soit pas pour acheter un violon.

Il poussait la sciure en la caressant, elle tombait en pluie à terre.

– À moins que tu ne te sois mis dans l'idée d'apprendre un métier du bois et que ton choix se soit porté sur la lutherie.

L'autre bras a relevé la casquette avec le dos du poignet pour ne pas la salir.

– Auquel cas il te faudrait un apprentissage chez un luthier, c'est peut-être plus facile de chercher un patron que d'acheter un violon. En attendant, tu vas venir comme apprenti chez moi à partir de demain, les rudiments te serviront toujours.

La Loire, l'eau visqueuse et jaune tourbillonnait en suçant les piles du pont sous le parapet où je m'étais accoudée pour digérer mon audace : luthière à Paris, loin de toute exponentielle, exactitude en abscisse et sommeil en ordonnée, de réussite et fierté de leur fille avocate ou juriste dont on aura toujours besoin. Le risque avec la Loire, comme les vieux d'ici quand ils n'en peuvent plus de la vie, ils vont en Loire, on retrouve leur cadavre quelques kilomètres en aval, ne pas arriver à nager. Se tromper, boire la tasse, mais voilà il faut bien prendre le risque. En principe je flotte.

Même pour deux stations, ce que ma mère craint le plus pour moi, je prends le métro grinçant, les hommes qui vous touchent, la promiscuité, les portes claquent, les gens entassés se regardent à peine et ne se parlent jamais, je suis tout ouïe.

Le lendemain Arsène m'a confié le balai, en dix minutes méthodiques j'ai transformé les lieux en une brume de sciure irrespirable : j'ai bu ma première tasse.

– La sciure et les copeaux ça vole, il faut balayer à petits coups secs, de manière à ce qu'il ne reste rien derrière toi et que tu ne soulèves pas la poussière.

Plus facile de balayer proprement que de reconnaître le chêne du hêtre et du sapin, les bois fruitiers des exotiques, leurs couleurs, leurs textures, leur dureté, leurs veines. J'ai appris à raboter à la main avec un geste long car le geste court creuse. Les grands copeaux s'enroulent à la sortie du rabot frôleur, les bras vont tout seuls, le bois devient lisse.

– Apprends d'abord ce qui s'est transmis depuis des siècles, tu trouveras tes facilités plus tard.

Le soir, éreintée de fatigue, désespérée que les cervelles d'agneau ne me soient d'aucune utilité, je flanchais : pour avoir cru que le bois allait m'obéir, que l'aisance d'Arsène me serait transmise par les lois d'une génétique improbable issue de la rhubarbe et de la magie de son bâton de sourcier. Il a fallu apprendre à tenir les outils, à m'en servir, et force a été de constater que la facilité d'Arsène en tout s'apparentait à une expérience à moi étrangère. La douleur entre les omoplates pouvait me couper le souffle, si précieux, ne pas me laisser engloutir.

La Trinité : une grande église toute blanche et tarabiscotée.

Mon grand-père n'aurait mis les pieds dans une église pour rien au monde, pendant le mariage de sa fille il flânait entre les chapiteaux sous la tour porche de la basilique de Saint-Benoît. Mes parents pourtant entichés de phrases rigoureuses martelées jour et nuit ont des relations avec Dieu qui restent nébuleuses : ils prétendent qu'ils n'y croient pas mais à peine sortie de la rhubarbe ils m'ont baptisée. La cervelle d'agneau a pris le relais, plus formatrice que le catéchisme, la preuve : mes copines mangeaient des hosties avec un résultat déplorable. Ma mère salue poliment le curé en lui disant « bonjour mon père » quand elle le croise alors que le sien, de père, le vrai, aurait sûrement changé de trottoir. Quant au mien, il ne veut pas en entendre parler sous son toit. Sauf depuis que Dieu, témoin de notre désaccord, fait une apparition soudaine, comme si le bois de la croix était responsable de ma vocation. Arsène m'a payée de quatre billets de cent francs qu'il a sortis de sa poche pliés et qu'il a ouverts et comptés.

– Il ne faut jamais travailler *gratis*. C'est pas beaucoup d'argent mais c'est ton salaire d'apprenti.

Trois jours après, le facteur a sonné pour me remettre, car la boîte aux lettres trop petite ne la contenait pas, avec un cachet au dos, une grande enveloppe en kraft, Julien luthier, 43 rue de Rome. Mes doigts maladroits tricotaient pour décoller le rabat.

Mademoiselle,
Nous avons pris acte de votre candidature pour un poste d'apprenti. Nous pourrons probablement vous répondre positivement au début du mois d'octobre. Vous trouverez ci-joint un contrat d'apprentissage que vous voudrez bien nous retourner dûment complété.
Veuillez croire, Mademoiselle, en nos sentiments les meilleurs.

Julien

(*Signature gribouillée illisible.*)

Arsène ! Gourde. Lundi, la menuiserie, à cause de la foire n'ouvrira pas et je ne trouverai Arsène qu'à la terrasse du café partageant une Suze avec le facteur et le plombier semblables en moustaches et casquettes. Le tremblement de ma main faisait désespérément onduler la feuille dont l'en-tête, Julien luthier, 43 rue de Rome, répétait le cachet, au point de m'empêcher de remettre le précieux document dans l'enveloppe afin de la glisser à l'abri sous mon oreiller. Sortie dans la chaleur, j'ai rejoint le mail où la foire battait son plein.

– Ils sont beaux mes abricots !

– Des tomates ? Vingt francs la caisse, qui dit mieux ! Et il vous fallait quoi d'autre ma petite dame ?

Une cerise tombée de l'étalage et enrobée d'une délicate couche de poussière, un canard, un cheveu balayé par un souffle d'air sur un crâne chauve, la pâleur d'une tête de veau, le froissement audible d'une robe derrière un étalage, la main d'Arsène tapotant sur la table ronde, les pépiements des poussins par centaines entassés dans leurs cages : les détails de cette matinée m'atteignaient avec une acuité étrange, je crois que j'aurais pu marcher sur l'eau ou en suivre un qui l'aurait fait. N'en déplaise à mon grand-père communiste.

– Vous savez Arsène, je n'ai pas osé vous déranger hier mais j'ai reçu la lettre de Paris.

Il a pris son temps en la tenant bien droite et sans que le papier ne tremble, son regard parcourait de gauche à droite lentement, plus vite dans l'autre sens quand il revenait à la ligne, et s'abaissait au fur et à mesure.

– C'est dommage le « probablement ». Il ne te reste qu'à croiser les doigts pour que le probable devienne certain.

Comme si j'avais pris une vague dans le nez, j'ai failli m'étouffer ! Le matin les jambes me démangent, je me lève la première et mes doigts vont plus vite que la musique, je casse tout. Dommage que l'atelier soit au bout de la rue, ça ne fait pas assez long pour galoper, je sautille d'un pied sur l'autre à chaque pas. Au mois d'août Arsène m'a confié une clef afin que je puisse travailler tous les jours malgré la fermeture : il ne voulait pas que Julien puisse avoir mauvaise opinion de mon apprentissage. Après la lettre mon père s'est muré dans le silence.

– Si c'est ça que tu veux ma fille mène ta vie comme bon te semble mais ne viens jamais te plaindre.

Son mutisme empoisonnait les repas ponctués de soupirs ; pendant la vaisselle, on entendait les verres s'entrechoquer dans l'eau de rinçage. La météo dont il se moque – qu'il pleuve ou qu'il vente, les copies de maths seront toujours corrigées – est devenue son unique sujet de conversation. Le train pour Paris nous a délestées de sa réprobation. À l'idée de me trouver un logement, ma mère, comme les lendemains de pleine lune où ses coins regorgent de cèpes, avait les joues roses et un clignement de cils intermittent. Le professeur de philosophie et sa chambre à louer sortaient tout droit du catalogue de la Camif : si j'avais le moindre problème je ne devais pas hésiter à les déranger, ils logeaient deux étages en dessous. Seuls, trônant dans leur blancheur sur le ciment gris, les vécés sur le palier, avec la chasse d'eau pendue au réservoir par une chaîne, consternaient ma mère. La chambre claire et propre avec une grande fenêtre et les deux soupentes de part et d'autre, un placard à droite et la fameuse douche lavabo à gauche. Je m'y suis vue tout de suite. En descendant les deux étages qui menaient à l'appartement, je surplombais les cheveux gris un peu longs et désordonnés du prof de philo, le montant du loyer m'est venu à l'esprit et ma mère qui n'achète pas une poule sans marchander avec ces vécés sur le palier qui pouvaient lui servir de prétexte pour discuter, le rouge m'est monté au visage. Mais il a demandé ce que je venais faire à Paris.

– Je viens apprendre la lutherie.

Je crois bien qu'il ne m'avait pas vraiment vue avant que je prononce cette phrase, il s'était adressé à ma mère, me considérant avec la distance d'un enseignant, et une certaine distraction.

– Mais quel métier merveilleux, c'est si rare de rencontrer des jeunes qui veulent se lancer dans un métier d'art, vous savez que mon fils est violoncelliste – oh, pour le plaisir... Et chez quel luthier allez-vous travailler, si ce n'est pas indiscret ?

– Chez Julien.

L'étonnement et le respect sont apparus dans ses yeux bleu délavé.

– Un des meilleurs luthiers de Paris, je ne vous l'apprends pas, on a craint, quand son patron est mort brutalement, que la maison ne tienne pas sa réputation ; mais au contraire, Julien est un luthier remarquable, je suis fier de vous avoir pour locataire, n'allez pas mettre dans la tête de mon fils de se faire offrir un violoncelle de chez Julien, je n'aurais pas les moyens !

L'orgueil soudain de ma mère : à voir quel plaisir le philosophe venait de lui faire, j'ai su que la rhubarbe utérine siégeait dans son ventre et que je venais d'elle. Pour le prix, il n'y a pas eu l'ombre d'une discussion, l'honneur de mon choix lui avait coupé toute velléité de marchandage.

J'appuie, dzing, sur le bouton doré, la petite porte découpée se détache du grand porche, mon bras replié devant moi, je pousse de tout mon poids avec cinq bonnes minutes d'avance, fille de mon père à principes. L'abri du porche évite de tremper mes longs cheveux, dégoulinants sur le bois le premier jour, me voilà rescapée d'une autre noyade. Les gouttes, percussion régulière du pavé, plic ploc, la chute amplifiée par la cour. Dzing. Une petite femme brune tourne vers la grande porte vitrée, les gens ne disent pas bonjour dans ce patelin. Dzing. La voix du téléphone et ses gros seins replient le parapluie.

– Bonjour.

– Bonjour madame.

Un cliquetis dans son sac pendant que nous traversons vite la cour en baissant la tête, un trousseau, une clef ouvre la porte aux vitres dépolies. Nous entrons dans son bureau.

– Je vais vous montrer le vestiaire, vous avez une venote ?

– Non.

– Pour ce matin je vais vous en prêter une, je vous donnerai l'adresse pour acheter la vôtre.

Elle sort un grand tablier bleu identique à celui qui bardait le ventre de Julien, et me montre comment le mettre.

– Évidemment elle est un peu grande mais pour le moment ça fera l'affaire.

Un garçon entre et me tend une main molle.

– B'jour.

– Jean-Marc, vous la mettez au courant je vous prie.

Il traîne les pieds et il marmonne.

– T'as intérêt de faire attention, dire bonjour et au revoir, susceptible, la baronne.

Merci, au téléphone j'avais déjà compris qu'elle eût un rôle à ne pas négliger, son maintien un peu raide, sa distance me l'ont confirmé l'autre jour, de toute façon chez moi on dit bonjour et au revoir.

– Tout doit être en ordre pour huit heures et demie quand le patron arrive. T'as quel âge ?

– Dix-huit et toi ?

– Vingt-deux. Le balai est dans le placard derrière toi, en principe c'est le dernier arrivé dans l'atelier qui balaye le soir mais c'est bien vu de redonner un petit coup le matin, il paraît que la poussière se redépose.

Des pas lourds descendent distinctement derrière le mur. Je balaie, à petits coups, le ménage est digne des nains de Blanche Neige, les établis ont été contournés sans être déplacés depuis dix ans et dans les endroits où le balai ne passe pas on voit sa trace avec la poussière accumulée à côté. Des instruments si nobles se seraient assortis de clarté et d'espace, mais l'atelier n'est pas plus grand que le bureau de la voix du téléphone si bien que tout y est serré. Je me faufile en serrant le balai contre moi. Les outils sur leurs petits tableaux au-dessus de chaque établi me rassurent : gouges, ciseaux, marteaux, pied à coulisse, quelques inconnus comme la venote mais je surnage. Les violons sont accrochés par des collets métalliques sous la volute comme les lapins de garenne que mon grand-père braconne, écorchés, déshabillés de leurs vêture habituelle, démantelés, le bois est différent de ce que j'ai connu chez Arsène, avec l'âge il se pare de toutes les robes, alezan clair ou brûlé, bai avec les clefs noires, isabelle ceux qui sont neufs, moi qui croyais qu'un violon était frère d'un violon, aucun ne se ressemble. Jean-Marc s'est assis à son établi pendant que je rangeais la pelle et la balayette.

– Je peux regarder ?

– Sûr. Tu n'as que ça à faire. Avant que Julien te laisse toucher tes yeux seront usés.

– Ça fait combien de temps que tu es ici ?

– Cinq ans. Mais je venais de Mirecourt. Tu sais ce que c'est Mirecourt ?

– Non.

– Qu'est-ce qui t'a pris de vouloir faire ce métier ?

– Et toi qu'est-ce qui t'a pris ?

– Moi c'est de famille, on est luthier de père en fils chez nous. Cet alto, tu vois la différence avec un violon ? Allez, tu ressembles à une tomate prête à exploser, on va pas se battre parce que tu n'y connais rien.

C'est un gosse qui est tombé dessus en vélo, la boîte s'est cassée et les fragments ont enfoncé la table. J'ai démonté l'instrument pour redresser l'enfoncement, c'est presque terminé, j'ai recollé les cassures et fait les doublures. Le patron finira par le vernis. Mirecourt est un haut lieu de la lutherie française depuis très longtemps, si tu veux, je te prêterai un livre, la seule école de lutherie française est là-bas. Ne t'inquiète pas il y a plein de luthiers excellents qui ont fait comme toi, Mirecourt n'est pas une garantie de qualité, j'ai appris plus dans ma première année ici qu'en trois ans à Mirecourt. Mais je t'expliquerai tout ça, nous aurons le temps le matin.

Sa voix douce et calme fait disparaître le rouge de mes joues, je sors de mon verre d'eau. À côté de lui, il choisit dans une boîte divisée en casiers un rabot gros comme une prune.

– Prends un tabouret, tu vas te casser le dos à rester debout.

Le grattement doux du rabot, si bien caché par sa main qu'on pourrait croire qu'il frotte du bout des doigts, ralentit les battements inconsidérés de mon palpitant emballé.

– Tu devrais mettre une cassette dans le magnéto sinon on va se faire engueuler.

– Une cassette de quoi ?

Il rit avec une franchise qui me fait oublier la mollesse de sa poignée de main.

– Il n'y a pas de rock, tu peux mettre n'importe laquelle, ce sont des solos d'instruments à cordes que le patron enregistre pour nous éduquer l'oreille.

Au hasard je prends une boîte couverte d'une écriture petite et illisible, je l'ouvre et je mets la cassette dans le magnétophone que les nains ne doivent pas atteindre, à moins que toute la poussière ne se redépose sur ce point précis. Nous nous taisons un long moment, le violoncelle monopolise la conversation.

– Bonjour Jean-Marc, bonjour mademoiselle, vous avez fait connaissance ?

– Bonjour monsieur.

En me levant un peu vite, le tabouret est tombé derrière moi, je le ramasse maladroitement pendant qu'il explique qu'il vaut mieux que je vienne avec lui pour le début. J'ai encore les jambes emberlificotées dans le tabouret dont je me débarrasse de plus en plus mal, au secours ! J'emboîte le pas à l'homme de plomb dans le petit couloir sombre qui mène à l'autre pièce. Encore plus petite mais plus claire avec deux établis : un contre le mur et un en biais au milieu avec les violons-lapins pris au collet, dépecés de leurs cordes et de leurs clefs. Sur l'établi le dessus d'un violon est posé. Julien s'assied et scrute longuement deux traits marqués à distance rigoureusement constante du bord du violon, reproduisant exactement sa forme cinq millimètres à l'intérieur. Son regard semble se perdre dans la contemplation rêveuse des deux petites lignes préparées la veille. Puis son bras se lève, sans détourner le visage, pour chercher une gouge avec laquelle il creuse une mortaise entre ces deux traits, les lunettes en demi-lunes au bout du nez, cerclées d'acier dans leur partie arrondie. Rien d'autre n'existe plus que le bois creusé par l'outil, le crissement du métal léger, assourdi. Des talons sur le linoléum usé. La baronne.

– Julien ?

– Mmm.

– Je peux vous parler ?

– Foutez-moi la paix, vous savez bien que je déteste qu'on me dérange.

– C'est madame Guzman qui...

– Laissez-moi faire mon filet et envoyez la mère Guzman au diable. Ses yeux au-dessus des demi-lunes.

– La mortaise doit intégrer... vous aviez remarqué que c'était une mortaise ?

– Oui.

Les pas s'en retournent.

– Il faut mettre dedans deux fils d'ébène et un fil d'érable entre les deux autres.

En même temps qu'il m'explique les trois fils prennent place comme s'ils avaient l'instinct de se ranger dans l'ordre. La position de ses doigts qui maintiennent les trois fils, l'angle selon lequel il aborde la mortaise, la force de la poussée pour les rentrer, l'anticipation du geste suivant ne laissent aucune place au hasard.

– Vous savez, mademoiselle, ce filetage, c'est la signature du luthier, caractéristique de sa façon, c'est en partie grâce à ça que l'on identifie l'origine des instruments.

– D'accord.

– Je ne vous ai pas demandé d'être d'accord.

– Bien monsieur.

II

La couleur des marches de l'escalier que je connais par cœur se confond avec celle de mes souliers, le fil du bois en plus : les stries comme des courbes de niveau sur une carte. Le cuir mou n'a aucun sens, il épouse les pieds et leurs déformations, cette largeur en oignon à la base du gros orteil. Mes semelles usent l'épaisseur de la marche, laminent son centre qui s'approfondit. La rampe luit sous ma main qui, tous les jours, la patine imperceptiblement. Les barreaux cylindriques peints en noir assurent l'enroulement de la balustrade et contraignent les marches dans le cylindre du mur qui les retient. Ce lieu secret recèle une banalité extrême. Vingt-quatre marches dont la dernière, en pierre douce arrondie à droite, reçoit le pilier qui soutient la coquille d'escargot surmontée d'une boule de verre taillé. Le lendemain de sa mort, j'ai contourné le mur qui m'avait toujours séparé du mystère : le palier, la serrure, la clef en acier grise pendue à son trousseau depuis tant d'années, maintenant dans ma main, a ouvert la porte sur la pièce, le lit immense, la salle de bain agrandie par le miroir qui occupait tout le mur derrière la baignoire. La première fois que j'ai dormi là, je m'étais trouvé l'excuse d'avoir fini trop tard sans convaincre ma femme. Quand je l'ai prévenue, l'exaspération de sa voix ne s'est éteinte qu'en raccrochant. La deuxième fois, je n'ai pas prévenu ; depuis je ne rentre plus. La cour aux pavés carrés luit sous le ciel gris, de petites flaques soulignent l'irrégularité de leur surface. Abandonné. Depuis, je reste le soir pour ne plus me distraire de l'atelier, même la nuit, même en dormant.

J'ai tourné la grosse olive en cuivre, il était assis derrière le bureau d'Annick, son stylo à la main, en train de signer des documents pendant qu'elle tournait les pages du parapheur en buvard rose, il a levé la tête.

– Julien, à demain donc, je vous verrai avant de partir, mon avion décolle pour Tokyo à quatorze heures.

– Oui monsieur, à demain.

Après avoir fermé la porte aux vitres opaques, l'ayant vu pour la dernière fois vivant, j'ai descendu les cinq marches de la même pierre calcaire blanche que la dernière de l'autre escalier que je ne connaissais pas encore, j'ai traversé la cour pavée et je suis rentré à la maison. Quelques minutes après, ayant tourné lui aussi le bouton pour ouvrir la porte, il est mort. Il n'a pas descendu les marches, il est tombé et il a roulé en bas. Annick l'a trouvé inconscient, étendu sur les pavés inégaux. Son aorte éclatée. Je rentrais chez moi, comme si rien ne pouvait lui arriver, sans présumer du pire : devenir orphelin d'un homme qui n'avait jamais été mon père. Et tellement plus. Le téléphone sonnait pendant que je déboutonnais mon manteau dans l'entrée. Ma femme m'a tendu l'appareil d'un air agacé :

– C'est Annick.

– Julien, le patron est tombé dans l'escalier, le Samu vient de l'emmener à la Pitié aux urgences, il faut venir tout de suite, Julien...

– Mais, Annick, il a quelque chose de cassé ?

– Non, non, mais c'est beaucoup plus grave, il faut venir tout de suite.

J'ai gardé mon manteau, ma femme m'empêchait de passer :

– Mais enfin, tu pourrais au moins me dire ce qui se passe.

– Je ne sais pas, le patron, c'est grave.

Le trajet en sens inverse comme un brouillard jusqu'à la station de métro avec ses lampadaires en bras de poulpe verts aux yeux jaunes à ma droite au feu rouge avant de rentrer dans l'hôpital. Les urgences, un peu plus loin sur votre droite, pavillon Gaston Cordier, le bâtiment bleu. Une femme noire derrière un comptoir. Non, il n'est pas aux urgences mais si c'est le Samu qui l'a amené, il est peut-être au réveil. Il faut descendre au sous-sol, vous sonnerez à la porte de gauche en face des ascenseurs, on vous ouvrira. J'ai descendu dix marches avant un palier, j'ai tourné et encore dix marches de marbre. Le réveil ? De quel sommeil ? Dans le hall immense, Annick était seule assise sur un rang de chaises grises attachées ensembles, poussées le long du mur, les jambes repliées, les bras serrés autour d'elle, le linoléum rouge brillait.

– J'étais restée après lui pour ranger. Je n'ai rien vu, juste entendu une plainte, une sorte de grognement inhumain, et la chute. Je me suis précipitée. Il était en bas, ses lunettes brisées devant la porte. Ça veut bien dire qu'il est tombé d'abord inanimé, ensuite seulement il a roulé. Il respirait mais il ne répondait pas, son visage était comme un masque de cire. La concierge est sortie de sa loge, je lui ai dit de ne pas bouger et j'ai appelé le Samu.

La porte de gauche s'est ouverte sur un petit homme en pyjama vert avec de grosses lunettes.

– Vous êtes de la famille.

– Oui.

Annick a recommencé son récit : plainte, lunettes, escalier, cire. En bas du pyjama vert, deux chaussures improbables, informes, usées et qui avaient été blanches un jour mais que l'on pouvait juste qualifier de sales couvraient les pieds du médecin qui nous a expliqué : il n'allait pas bien, c'était grave une dissection aortique, vu son âge on ne pouvait rien faire, il fallait comprendre. Je voulais le voir, je ne voyais pas ce qu'il y avait à comprendre. Le dissuader de mourir en sortant de mon portefeuille le contrat qui nous lie et lui interdit de partir plus de deux semaines en voyage.

Devant l'immeuble, les dalles du trottoir en granit sont taillées comme dans les maisons du pays, par les maçons creusois au siècle dernier, elles me rappellent le jour de mon arrivée à la capitale, j'avais la pierre sous les pieds en regardant l'église Saint-Augustin, ça me rendait un peu de chez moi pour avoir le courage de me présenter au patron.

Ils nous ont laissé le voir mourir, s'éteindre si vite, chacun lui tenant une main, le froid et la raideur l'ont éloigné, disparu. Abandonné. Au cimetière ma femme suivait le cercueil en chêne, son cou d'oiseau sortant du manteau noir, bas noirs, chaussures noires, pas une larme. Les maîtresses blondes, en bleu pâle, jaune et rose sanglotaient et Annick, sans un pli, pleurait un déluge silencieux. Rien n'y avait fait :

– Je ne vais pas à un enterrement habillée comme tous les jours, j'ai un rang à tenir, une respectabilité, je suis la femme du successeur. Il y aura toutes ses maîtresses évidemment, je ne veux pas être confondue avec elles.

Aucun risque qu'elle ne se mêle plus jamais de rien, je dors seul au-dessus de l'atelier, je surveille.

– Comment pas de service religieux ! Il n'en aurait pas voulu ? Mais qui commande maintenant ? Tu as peur qu'il sorte de sa boîte peut-être ? C'est à toi de décider, ses femelles ne viendraient pas à la messe, et pourquoi on l'enterrerait comme il a vécu, ça ne ressemble à rien !

Ça me ressemble. Pas d'église, pas de curé avec sa chasuble pour faire la mouette autour du cercueil. En terre sans paroles inutiles, comme sa mort, sans prévenir. Il avait plu le matin et la lumière crue nous faisait cligner des yeux dans l'air lavé, sans fleurs ni couronnes, sans croix, ni fioritures pour se faire à l'idée que tout ce qui restait de lui se trouvait dans cette boîte.

Le garçon qui n'a pas son content de bières, tremble encore, le matin il sert lentement et ne cause pas. Il pose mon café sur le zinc astiqué. Son gilet lustré de crasse au-dessus de la poche à monnaie, un grand crème, sa chemise sale au col et aux manches, un croissant. Tous les matins je déballe avec difficulté le papier du sucre pour le mettre à fondre dans le café. Quelque chose dérange mes habitudes ? Le café a la bonne couleur, le nez boursouflé du garçon d'un rouge ordinaire, rien n'est changé. Le midi il débarrasse les clients à peine levés, essuie les tables d'un geste rapide avec une lavette infâme, jacasse de tuyaux pourris aux courses, de ragots de quartier ; il est aidé par une serveuse accorte que le patron aimait plaisanter bien qu'elle soit brune. Ses invitations se terminaient par les histoires du métier qu'il contait avec un talent qui captivait tous les convives, y compris ceux des tables voisines, les plats refroidissaient mais les violons perdus, cachés, volés transformés en objets de légende, les luthiers du Saint-Graal, sa verve réchauffait le troquet entier ; il n'était pas rare qu'il fût applaudi à la fin d'un récit. Au dessert un jour, il avait sorti de sa poche un petit rabot, de ceux qui servent à la fin du travail pour arrondir une surface, le bois et la lame en parfait état, il le gardait au creux de sa main ouverte sur la table :

– Je crois me souvenir que c'est l'anniversaire de Philippe, il a douze ans, vous lui offrirez ce rabot de ma part, il a appartenu à mon père qui me l'a donné pour mes douze ans.

– Et tâche de rentrer à l'heure, au cas où tu aurais oublié, c'est l'anniversaire de ton fils, et laisse-moi de l'argent pour lui acheter un cadeau.

Depuis tout petit il aimait venir, des journées entières, assis dans un coin avec du bois et de vieux outils. Le patron avec une infinie patience lui montrait comme si au fond il gardait un regret de n'avoir pas su, parmi toutes ces blondes, en trouver une qui le reproduise. Voilà le dérangement qui m'attend : la fille, avec ses longs cheveux et sa main ferme dans la mienne, arrive aujourd'hui, dans mon atelier. Il y a vingt ans le patron en avait renvoyé une à sa cuisine, brune aux cheveux courts, elle avait beau venir de Crémone avec de bonnes références, personne ne lui avait soufflé de se teindre en blonde avant de franchir la porte. J'ai failli mettre la lettre dans la corbeille.

– Une fille qui veut être apprentie !

– Une fille ? Qu'est-ce que vous avez contre ?

– Contre ? Rien.

Elle s'est emparée de la lettre et en a pris possession, la petite est entrée dans l'histoire de l'atelier, comme les fournisseurs, les clients dont Annick connaît les prénoms, les voix, la vie parfois quand ils la lui confient.

Pour ne pas encombrer sa mémoire, prétendait-il, le patron se reposait sur la sienne.

– Annick vous savez cette dame qui parle avec un petit chuintement, son nom commence par *p*.

– Madame Apert, monsieur.

– C'est ça, que voulait-elle au juste ?

– Que vous changiez le cordier du violoncelle de son fils.

La dignité inébranlable d'Annick lui a valu son titre de baronne ; adoubée par le patron peu après mon arrivée, elle n'a jamais failli à sa noblesse acquise. Pour prendre la fille, il fallait nous défaire d'un apprenti que je ne voyais pas en peinture, une tête à claques, recommandé par Argenson, en retard tous les matins et premier sorti le soir, le réveil qui ne sonne pas, le métro paralysé par un suicide, un accident. Trop d'imagination pour être honnête. De son écriture pointue, la baronne a relevé pendant une semaine ses heures d'arrivée et m'a présenté la feuille au beau milieu de la matinée. Impossible de me défiler, de toute façon Annick restait à mes côtés au cas où je flancherais, il a fallu que je me mette en colère.

– Il faut se rendre à l'évidence ou vous respectez les règles du travail ou vous partez.

Il a bousculé son établi en se levant, tapé du plat l'outil qu'il avait dans la main.

– Puisque c'est commc ça, je pars.

Bon débarras. Quant à cette fille qui a insisté pour me voir, heureusement que j'ai pu digérer ce hasard incroyable qui l'a faite blonde de cette blondeur que le patron aurait tant aimée au premier regard.

Les pièces de dix francs, deux, jaunes et blanches, le blanc cerclé par le jaune, extraites de ma poche et posées sur le comptoir : le garçon pourra jouer sur un demi-sabot de trotteur à Vincennes cet après-midi, et perdre les vingt francs. À propos d'une de ses blondes, peut-être la bleue pâle qui suivait le cercueil en se tordant les pieds, il avait dit : les gens qui ne font plus l'amour ensemble, n'ont plus rien à faire ensemble. Je dors au-dessus de l'érable et de l'épicéa, jamais plus distrait de la table et du fond, des éclisses et de l'âme pour que rien n'arrive plus à tout cela. J'aurais mieux aimé être prévenu, me préparer à la séparation, ne pas m'apercevoir trop tard. Cette petite qui ne sait rien va me compliquer la vie avec sa blondeur, parfois j'arrive à oublier quelques minutes, mais elle me le rappellera. Il tombe une humidité d'automne parisien et de grisaille glauque. En Creuse, l'automne flamboie, les arbres se dorent et l'arrière-saison rafraîchit la terre séchée par les étés torrides. Ici on vit dans les maisons, on craint le froid, on s'éloigne des arbres. La porte, après avoir monté les marches, les miettes de verre le lendemain juste là, prouvaient qu'il s'était effondré avant de rouler en bas, son établi déserté, la mort, le visage sans expression, essayer de croire qu'il volait vers Tokyo.

– Bonjour Annick.

– Bonjour Julien.

Ma venote préparée sur le dossier de la chaise, comme pour lui, la même vêture fait un autre homme. Il avait la démarche des grands carnassiers, la souplesse et la légèreté d'un loup, humant dans l'air ses proies. Et moi, un sanglier qui ne voit pas ses souliers, sauf pour monter l'escalier. J'attendais qu'après l'enterrement Annick veuille quitter l'atelier. Au bout d'un mois, ponctualité et dignité au rendez-vous quotidien, j'avais gommé la possibilité qu'elle parte, quand un soir elle m'a dit :

– Julien je voudrais vous parler d'une affaire qui me tracasse.

Elle se tenait debout devant mon établi, les plis du chemisier comme s'il sortait du placard, j'ai senti venir un grand vide.

– Vous ne vous sentez pas bien Julien ?

– Si, ne vous inquiétez pas, continuez.

Elle m'a raconté une histoire de violon que deux étrangers auraient montré au patron le jour de sa mort et qu'ils ne seraient pas venus reprendre. Dans mon soulagement je l'ai à peine écoutée, conseillé de faire au mieux, de ranger l'instrument, que personne n'avait jamais oublié un violon bien longtemps.

– Bonjour mademoiselle, bonjour Jean-Marc, vous avez fait connaissance ?

– Oui monsieur, bonjour.

Ses cheveux blonds ondulés qui tombent au milieu du dos, son visage ovale, me rappellent les peintures du retable de Saint-Éloi.

– Jean-Marc, vous allez continuer cet alto, ensuite vous prendrez le violon de madame Guzman, j'emmène la demoiselle avec moi pour le début. Le neuf sera plus facile pour commencer.

À vrai dire, je n'ai pas idée de ce qui forme plus vite un bon luthier, le temps dévide sa pelote, et je ne pourrai pas juger avant quatre ou cinq ans. Patience. Je regarde la surface d'hier avec l'œil critique sur le travail accompli, glisser le sens du bois dans ma pupille en imaginant que c'est l'œuvre d'un autre et chercher la faille. Tracer le filet, creuser la mortaise le long de la table en laissant le temps mener le regard. Quand je quittais la maison sans faire de bruit, je réveillais les enfants pour qu'ils partent à l'école à l'heure, je rouspétais dans les encombrements. J'arrivais et le métronome prenait enfin la cadence raisonnable des choses qui se font en trente ans : les arbres, les violons, les hommes. Je touche le bois comme je caressais ma femme. Le creux au-dessus de sa hanche incurvait ma paume. Le bois me préfère. De son vivant, je lui devais tout, mais mon travail réglait mes dettes ; la mort m'a privé des traites que j'aurais pu payer encore longtemps si son regard sur cette table n'avait pas déserté.

L'aorte éclatée. Le petit médecin en vert dont je ne voyais que les chaussures crasseuses nous a parlé de dissection aortique. L'artère ouverte comme deux épaisseurs de bois collées par un mauvais ouvrier, pourquoi pas dix ans plus tard ? Ou surveiller qu'il ne se décolle pas ? Empêcher que l'aorte n'éclate ? J'ai bien compris la mort comme suite logique de cette implosion. Ils l'ont transporté avec des tuyaux partout, qu'il ne meure pas dans la cour, mais ils n'ont su ni le recoller ni le réparer. Blanches et sales, il remuait les orteils dedans quand il a expliqué : trop vieux, trop usé. Je sais bien ce qui aurait dut être usé chez lui, poli comme la rampe.

– Julien ?

Qui me dérange ? La baronne ? Qu'elle aille au diable !

III

Après avoir ouvert les yeux dans le noir et flotté quelques instants sans aucune sensation en imaginant de sauter du lit comme à vingt ans, il prit le parti de se lever prudemment pour que le genou droit ne lui cause pas de souffrance. Le vieux luthier sortit le bras gauche de la chaleur onctueuse pour saisir tout ensemble drap et couverture repliés, ouvrit le lit et s'assit dans le même geste, dépliant ensuite ses longues jambes pour se trouver debout. Dans le noir après avoir contourné le lit silencieusement sa main ferma la porte de la chambre, l'odeur de sommeil imprégnait l'air, la poignée lui transmit le froid de la porcelaine. Ses pieds s'enfoncèrent dans la confortable épaisseur de la moquette du couloir. Sitôt entré dans la salle de bains sa main gauche ouvrit le robinet sans fermer la bonde, la droite posa son sexe sur le bord, et il pissa longuement. La tension dans son bas-ventre soulagée, il ferma la bonde et remplit d'eau claire le lavabo alors que l'odeur d'urine s'échappait. Le gant de toilette sec un peu rugueux transformé dans l'eau en éponge humide lui rafraîchit le visage en dessillant ses yeux. Puis il entama le cérémonial quotidien du rasage : mouiller le blaireau et l'imprégner de savon en le tournant dans la boîte sans trop se pencher pour respecter son dos, il blanchit ses joues. Les sourcils noirs ressortaient d'autant plus dans son visage badigeonné de blanc, ce qui lui fit penser au vieux proverbe antillais : « Cheveux blancs ka vieux, sou'cils blancs ka pli vieux enco'e. » Le couvercle long de l'étui en bois fruitier pivota sous ses doigts, son pouce et son index soulevèrent le rasoir au manche d'ivoire, puis il fit aller et venir la lame à l'endroit, à l'envers sur la bande de cuir à repasser. Une joue gonflée, la lame essuyée quand la mousse l'encombrait, le dessous du nez par petits coups, l'autre joue, la pointe du menton, rincer. Ôter sa montre, se laver les dents et cracher la mousse blanche striée de sang avant d'entrer dans la douche en prenant soin que l'eau atteigne la bonne température. Après s'être mouillé, le vieil homme se savonna de haut en bas, les rares poils sur la poitrine, la peau du ventre en dessous du nombril aux grands plis horizontaux, les rides sur les cuisses au-dessus des genoux, l'affaissement de la peau derrière les bras, le sexe flasque et les testicules qui pendent, les poils rares et raides. La douche éteinte, le plat de sa main le débarrassa d'un geste sec du surplus d'eau sur sa peau. Avec un grand drap de bain il se sécha énergiquement, le torse en premier, le dos ensuite en passant la serviette entre son bras droit levé et son bras gauche en bas derrière les reins, puis en inversant. Les jambes en appuyant ses pieds sur la baignoire, prenant un soin particulier de ses orteils, enfin de ses parties en ne les bousculant pas trop. Le grand flacon d'eau de toilette Roger Gallet pour humecter le torse, les aisselles et les poils du pubis. Il remit sa montre. Un slip, une chemise jaune paille et une cravate bleu marine, des chaussettes, un pantalon de flanelle et les pans de chemise rentrés à plat, avec un coup d'œil complice en se regardant dans la glace de profil. Chaque jour depuis des années le miroir lui renvoyait une image qu'il n'avait pas vue changer, sa sveltesse et sa tenue identiques, le dos raide et droit, l'élégance similaire, toujours aussi séduisant ! Vérifier l'état de ses mains, les doigts devenus noueux et la dernière phalange légèrement fléchie témoignaient des années de métier, retailler deux ongles au ras de la pulpe et enfiler des chaussures noires grâce à un chausse-pied en corne. Doucement la porte de la chambre entrouverte lui permit de contempler une seconde la blondeur endormie, étalée sur l'oreiller, il en profita pour humer le parfum persistant. Dans la cuisine, il but un café debout en mangeant deux petits beurres LU. Puis enfila sa veste et son pardessus. Dans ce mouvement automatique commun à beaucoup d'hommes, il leva le bras après l'avoir tendu devant lui afin que toutes les manches : chemise veste et pardessus remontent le long du bras, et que le poignet et la montre, coulissant hors des superpositions vestimentaires, lui permettent de voir la position respective des aiguilles sur le cadran : l'angulation entre la petite et la grande lui confirmant d'un coup d'œil : sept heures. Sortir de l'appartement, appeler l'ascenseur et y pénétrer, appuyer sur le bouton. Au niveau moins un, dans le parking silencieux et obscur, il ouvrit la portière de la voiture, le genou le gêna pour s'asseoir. Le moteur démarra au premier tour de clef, marche arrière lentement, puis il embraya et passa la première. À la sortie du parking la nuit persistait et il calcula le nombre de jours restants avant de les voir se rallonger ; préférant le 22 décembre au 20 pour les prémices de tous les jours suivants auxquels le soleil octroierait quelques minutes de plus. La radio réglée sur France-Musique s'était allumée avec le contact. La Porte Maillot encore vide à cette heure, ouverte sur l'avenue de la Grande-Armée, le quart de tour de la place de l'Étoile le mena devant *la République* de monsieur Rude. Elle le salua de son œil courroucé, la question de savoir si ses cheveux de pierre avaient été blonds au naturel, sachant que l'intérêt porté aux cheveux de madame Rude résidait surtout dans une autre toison à lui bien plus chère si elle eut été blonde, lui passa une fois de plus par la tête. Choisir entre l'avenue Hoche et l'avenue de Friedland pour s'imposer de ne jamais suivre le même itinéraire, la routine des chemins et des femmes vieillissant prématurément. L'avenue Hoche eut sa préférence à cause des grilles de l'avenue Van-Dick et du parc Monceau, le dédale de petites rues qui traversent le boulevard Malesherbes et rejoignent la rue de Rome au-dessus de Saint-Augustin le conduisirent lentement. Il fut tout d'abord agacé par le *tempo* trop rapide du violoncelliste qui jouait Beethoven. Puis malgré son agacement il se prit au jeu de savoir de qui il s'agissait, ayant son idée sur la question il chercha quel pouvait être l'instrument. Quand le présentateur annonça l'interprète il n'écoutait plus et se réjouissait à l'avance du moment de solitude à l'atelier où il allait mélanger l'alois, l'huile et les essences : les secrets qui emplissent les narines d'odeurs délicieuses et fortes, avec le silence des violons dans la force des parfums qui s'évaporent. La parlotte musicologique le dérangea au point d'éteindre la radio. En raison de son départ au Japon le lendemain, il faudrait demander à Julien de venir plus tôt. À sept heures vingt-cinq, il se garait rue de Rome, sortait de la voiture et descendait la rue. Son genou le fit souffrir. Si j'ai plus mal en descendant qu'en montant, c'est que les muscles sont bons, c'est le roulement qui est enrayé. L'homme entra sous le porche, traversa la cour, ouvrit la porte avec sa clef. L'atelier le happa : les odeurs, le bois, le vernis. La sensation familière le ravit une nouvelle fois. Le vieux luthier sourit du même sourire que le jeune homme qu'il était et qui ouvrait cette porte cinquante ans auparavant.

IV

Une tartine à la main, la bandoulière de mon sac dégringole malgré la surélévation de mon épaule, trop tard, je ferme la porte sur mon désordre. La sonnerie du réveil interrompt désormais des rêves qui me retiennent sous ma couette. Et comme je lis tard, le sommeil vient à manquer. Me dépêcher : la douche pendant que l'eau frissonne dans la bouilloire, enfiler mes chaussures et boire le Nescafé trop chaud. Avant de verrouiller la porte, j'aperçois en enfilade le lit défait et le dentifrice craché sur le bol sale dans le lavabo.

Le son de son violoncelle qu'il travaille le soir monte, j'ouvre ma fenêtre, les lignes sur les pages s'emmêlent, je guette l'attaque de l'archet, la longueur en talon, raté, il recommence, un peu mieux. Au niveau de leur palier, je ralentis insensiblement, trois secondes pour qu'il ouvre la porte, me demande comment je vais, illusion, je capte des pas, bribes de phrases, impossible de reconnaître sa voix, la rue s'ouvre derrière la porte de l'immeuble. Devant la bouche de métro : zut ! Dans la poche du manteau jeté sur le lit au premier plan de la perspective qui filait jusqu'au lavabo tout à l'heure, la carte orange ! Tant pis. À pied en prenant le trottoir de gauche de la rue Saint-Lazare, la dernière fois, je suis passée à droite. Les fers sous mes mocassins sonnent sur les dalles du trottoir.

– Tu sais, ça ne se fait pas de ferrer ses chaussures.

Mon concert de claquettes le dérange, et moi, sa pomme d'Adam saillante qui monte et qui descend me déroute.

Botté de caoutchouc blanc, brillant d'eau, le poissonnier dispose des saumons glissants sur la glace pilée, il me glisse un clin d'œil, une daurade à la main, comme si nous avions passé la nuit ensemble. Mais le défaut du poissonnier, ce sont les poils roux qui couvrent ses avant-bras.

– Bonjour !

Le poisson, comme la cervelle, doué d'un pouvoir surnaturel sur l'intelligence des petites filles, m'a fait grandir et songer que s'il a les poils roux sur les avant-bras, il doit avoir les mêmes sur le ventre et plus bas, roux et un peu raides. Je préfère la pomme d'Adam saillante d'un violoncelliste glabre à caresser, la peau fine d'un homme, sans poils. La marchande de fruits et légumes après la rue Saint-Georges, commerce avec les petits vieux du quartier qui ne trouvent pas le courage de grimper la rue des Martyrs, sa voix aiguë me parvient alors que j'ai dépassé sa boutique depuis longtemps.

– Mais allez-y donc, si c'est moins cher, j'vous empêche de rien !

À cette heure les concierges débraillées rangent les poubelles en claquant les couvercles, leurs robes de chambre de la même couleur indéfinissable que leurs chaussons et leurs cheveux. Des hommes boivent leur premier verre au bar du coin de la rue Taitbout. Une bonne longueur d'immeubles tous identiques, mêmes fenêtres mêmes portails, les voitures klaxonnent un camion arrêté dont le moteur tourne. En arrivant place de la Trinité avant le grand café, il y a cette étrange boutique de fourrure qui n'a pas dû vendre de manteau depuis la guerre mais je guette Greta Garbo qui sortirait emmitouflée dans son vison. Trinité, je longe le square devant l'église.

– Architecture pompier, tarte à la crème du même genre que le Sacré-Cœur.

Le pomme d'Adam fait un aller et retour brutal qui me fait craindre l'étranglement. Pourtant, un violoncelliste et une luthière, idéal pour la vie. Mais l'intonation pour la tarte à la crème aussi méprisante que pour les fers de mes chaussures.

– Moi, j'aime bien le sacré cœur.

– Toi qui as été élevée au pied d'une des plus belles basiliques romanes.

Comment peut-il penser que la tarte à la crème, les fers sous les chaussures et le Sacré-Cœur méritent d'être rangés dans le panier du mépris et que sous prétexte des sandales sur la pierre, de robes de bure qui frôlent les piliers de la nef depuis des siècles on pourrait oublier le commerce ridicule de petits bonbons au miel en forme de moines et le reste de leurs hypocrisies. Pourtant le violoncelliste et la luthière. Me marier, à Saint-Benoît, entrer en blanc sous les colonnes puis dans l'église au bras de mon père. Donc en remontant la rue de Londres j'espère tous les jours son pas derrière moi, rapide et allongé, qui me rattraperait.

– Vous allez chez Julien ?

– Oui bien sûr.

– Je peux vous accompagner, je vais porter mon violoncelle à réparer.

– Vous auriez pu me demander, je l'aurais fait pour vous.

– C'est lourd, et puis je n'aurais pas osé, vous êtes si discrète, on ne vous voit jamais.

L'hiver cachait dans sa nuit matinale le rouge de mes joues et sa pomme d'Adam, mes chaussures miraculeusement ce jour-là se taisaient. Un temps suspendu de miracle, de violoncelle dans une main et de surprise totale, j'ai cru qu'il était l'homme de ma vie, le violoncelliste. Idiote, le cerveau, à partir de cet instant, percé. Le matin quand je monte cette rue de

Londres dans le noir, je ne peux pas m'empêcher de le voir quelques mètres devant moi, d'imaginer une ombre de grand imperméable à qui je vais simplement dire bonjour. Ma voix me trahirait, elle a cette autonomie redoutable qui la fait se casser et détonner dans un seul mot. Il me sourirait, il me prendrait doucement par l'épaule en tenant son violoncelle dans l'autre main comme une guitare, je pencherais ma tête et il m'aimerait pour toute la vie. Huit heures. Le portail, la cour, les marches deux par deux, la porte. Jean-Marc sourit en coin. La moquerie entre nous s'est gentiment installée : si j'arrive en retard c'est que j'ai perdu mon pucelage.

Mon pucelage ! Décapsulé dans une tente de camping l'été de mes seize ans sans avoir ressenti de perte irrémédiable. La veille, nos mains enlacées sur la rambarde du pont alors que nous contemplions les bancs de sables émergés de l'eau calme, j'avais jeté au fil de l'eau et sans état d'âme le principe de cette fameuse virginité.

– Tu ne voudrais pas qu'on fasse l'amour ?

– Si.

– T'inquiète pas, je l'ai déjà fait.

Inquiète ? Moi ? Pressée plutôt, par le temps, le sablier de la tente désertée pour l'après-midi, l'incertitude, faire vite. Les rêves de ralenti caressant et musical effeuillés, ni douleur, ni autre chose, seulement la fierté de l'avoir fait et en échange une brûlure pour la journée, un battement permanent de cette absence en moi, vide après cette chose à l'intérieur qui l'avait fait exister quelques instants. Fermer les yeux. Très fort. La deuxième fois aussi, la satisfaction de sentir la preuve d'une réalité dedans, et en échange plus tard la palpitation douloureuse. Autre chose ? Il faudrait mentir très fort.

En ajustant ma venote, je ferme les yeux pour les rouvrir et croire que l'atelier ne me soit pas familier, je regrette de ne plus le découvrir, comme j'aimais le brouillard sur les douves qui les rendaient méconnaissables. Mais ils m'ont adoptée, je fais partie de cet univers sur lequel le fantôme du patron plane en permanence. Julien se prend les pieds dans l'ombre omniprésente en bougonnant, Annick la chasse le temps d'un haussement d'épaule agacé. Fratrie orpheline. Julien voit tout, parfois quand quelqu'un lui parle, je surprends son regard qui furète le long d'un établi, les bouteilles sur la cheminée, dérangées, mes cheveux coiffés autrement, sans commentaire. Avec son fils, Julien se comporte à l'égal de ma mère quand j'étais dans sa classe : pour ne pas qu'on puisse croire, il le regarde moins que les autres, on ne les entend pas échanger plus d'une phrase. Julien ne parle pas, il marmonne entre ses dents des vocables à moitié construits qui concernent toujours les absents. L'atelier attendait le retour de Philippe, quand il aurait les résultats de la cession de septembre.

– Parce que ce gredin n'a pas été capable, une maîtrise, pas trop lui demander tout de même, en juin.

Il devenait tout rouge.

– Pas la lune tout de même, faire des études ! J'aurais bien aimé qu'on me l'offre à moi !

Il levait ses yeux au-dessus de ses petites lunettes me prenant à témoin.

– Je lui ai interdit l'atelier jusqu'à ce qu'il ait cette bon Dieu de maîtrise ! Il faudra bien qu'il comprenne !

Un matin, Philippe était assis à son établi quand je suis arrivée. À peine bonjour et bonsoir, probablement les consonnes. Il change les cassettes. Les dernières mesures le font lever et se déplacer jusqu'à l'appareil. Le raclement des pieds en bois du tabouret, l'effleurement de ses semelles légères sur le sol, une démarche de chat, l'ouverture de l'appareil, de la boîte pour ranger la cassette, il les pousse de l'index l'une contre l'autre, tac, tac, tac, il choisit, ouvre et insère la suivante. Inutile de lever le nez, je connais ce déroulement, la musique couvrira les pas souples du félin qui retourne à son établi. Silencieux jusque dans son travail : précis, minutieux. L'atelier est ainsi fait que je lui tourne le dos, je n'ai que le son : le rabot, un plus petit rabot pour affiner, j'arrive à saisir le bruit du palmer, léger, quand il vérifie l'épaisseur. Les coussinets de ses pattes suspendus derrière mon dos alors que j'essayais vainement d'ajuster une clef, il a pris de mes mains l'ébène récalcitrant, m'a montré comment changer d'inclinaison, simple.

– Tu vois, c'est un cône morse.

Pour la première fois je l'entendais prononcer des voyelles. Depuis un an, l'atelier est devenu ma vie, le ménage matin et soir. Parfois l'angoisse m'atteint au détour d'une tâche familière, Julien ne me donne que des bouts, les outils, les établis, les instruments, l'ordre de ses fameuses bouteilles, et il ne cesse de dire à quel point c'est important qu'un artisan fasse son instrument en entier. Jean-Marc m'aide le matin, et Philippe le soir. Il ne faut pas qu'ils perdent l'habitude au cas où je m'absente. Les recoins ne me cachent plus rien, à qui appartient cette gouge, où ranger ce violon, mettre de côté les chutes qui peuvent servir. Plutôt que de jeter, j'ai inauguré une boîte à fouillis : un petit morceau d'ébène ou d'épicéa, hop dans la boîte. Bougonnement soudain et imprévisible : Nom de Dieu ! Il y avait un cube d'érable sur mon établi, qui l'a jeté ? L'intonation et les grommelots improbables entre les mots phares permettant de comprendre sa fureur.

– Il n'est pas jeté, monsieur, il est dans la boîte à fouillis.

Au moment où le *f* a franchi mes lèvres, il était trop tard pour arrêter le mot et le remplacer au pied levé par un autre, surtout que fourbi eût été pire.

– La boîte à fouillis ?

Pour une fois tous les mots prononcés. L'irritation s'élève. Comment ? Oser prétendre que son atelier pouvait être le lieu d'un fouillis quelconque, réuni dans une boîte qui plus est, dont il n'avait pas connaissance ! Je bredouillai, confuse. Pandore en puissance, sauvée par le fils chat de l'homme en colère. Ouf !

– C'est ça que tu cherches ?

– Oui c'est exactement ça.

Depuis un an, tous les matins je l'entends descendre l'escalier ce qui prouve que je n'arrive pas si en retard que ça.

Pourtant je songe bien au chaud que le violoncelliste dort à côté de moi : attention en me levant de ne pas faire de bruit pour ne pas le réveiller, si fatigué, rentré tard hier soir de sa répétition. Je fais le café pendant qu'il dort. Contempler un homme qui dort : avec un attendrissement maternel, comme s'il était un enfant, pencher un peu la tête, comme dit Barbara, à chaque fois, à chaque fois que l'on rêve d'amour on refait le même chemin en ne se souvenant de rien. En vrai on se lève, il sent fort, il s'est endormi comme une masse en vous disant à peine bonsoir, en vrai on ne regarde pas les hommes dormir et surtout en vrai l'homme dont je rêve ne dort pas dans mon lit, il me trouve plouc et provinciale, idiote et peu présentable.

Je prends le train gare d'Austerlitz le vendredi soir et ma mère m'attend sur le quai à Gien, sa silhouette maigre et son visage anguleux sous la pendule. Si je mange correctement, si j'ai chaud dans ma chambre maintenant que c'est l'hiver. Tu sais bien que ton père n'aimera pas te voir les cheveux lâchés. Leur vie a divorcé de la mienne. Les péroraisons polémiques de mon père, ses monologues de propagande sur la mondialisation du capitalisme me plongent dans ma soupe. Le dimanche midi, chez mes grands-parents, je m'arrange pour faire la vaisselle seule avec mémé. Comment c'est Paris, si j'ai un petit ami. Je le décris : beau, intelligent, qui joue du violoncelle comme un ange, qui m'aime tendrement. Elle aurait de la peine si je lui racontais à quel point il est méprisant et distant, sûrement pas amoureux de moi. Tu nous l'amèneras ? Il a des concerts, il ne peut pas se libérer en fin de semaine. Elle comprend. Elle n'a jamais vu la mer. Quand j'aurai une voiture je l'emmènerai, je le lui ai promis. Je le sais bien, ma petite fille, je le sais bien. Elle sourit d'un sourire qui me fait penser d'un coup qu'elle sait tout et aussi mes mensonges sur mon fiancé le violoncelliste.

Pas besoin de mentir à Arsène. Ça te plaît petite ? Il voit mon sourire et le rose de mes joues, le souci qu'il s'est fait, de me voir partir sans l'assentiment des miens toute seule dans cette capitale, s'envole. Et la musique ? De loin le plus difficile, Arsène. La lutherie, j'en ai trois pour me montrer toute la journée, ils ne me laisseront pas faire d'erreur, mais la musique je n'ai personne pour me guider, il faut en écouter, l'oreille apprend, je vis avec la musique, je lis des livres le soir en rentrant chez moi. De quoi il se plaint ton père, tu fais des études ! Nous rions. Tu sais, il faut être instituteur comme tes parents pour penser qu'il n'y a que sur les bancs des écoles qu'on apprend. Arsène et Julien. Deux hommes si différents, si éloignés : Arsène emploie le parler d'ici, une langue irréprochable et lente, un léger roulé des *r*, une patience qui s'exprime dans la façon dont les phrases s'enchaînent et la pensée clairement exprimée correspond aux actes et au calme de leur exécution. Julien, les gestes sont parfaits, il suffit de les gober un par un mais la parole est pauvre et si rageuse... Pourtant j'ai l'intime conviction qu'ils sentent le bois de la même façon.

Le vieux luthier mort a laissé des empreintes tellement profondes dans l'atelier que Julien trébuche sans cesse. « Il aurait dit ceci. Il aurait fait cela. Ne faites pas comme ça, Il va se retourner dans sa tombe ». À l'entendre, le vieil homme ne doit pas dormir longtemps en paix et si par hasard il se retrouve couché sur le bon côté, ça doit lui faire drôle.

Je ne peux que l'imaginer : la tête et le verbe hauts, des rides aux coins des yeux, de celles qu'ont les visages qui ont beaucoup souri, un beau vieil homme. La référence permanente de tous ici.

Pour réclamer une date de livraison, un détail sur une réparation à Annick, il suffit de passer un pied dans sa porte, la réponse est immédiate, elle est tirée à quatre épingles invisibles qui maintiennent son chemisier et lui confèrent sa dignité de baronne. Un jour, en entrouvrant sa porte je l'ai trouvée les plis du chemisier en zigzag, le col remonté, les bras croisés sous son opulente poitrine : la baronne avait les joues roses. Annick avait déserté son rôle et la hauteur qui la place au-dessus de nous pour un curieux petit homme avec une moustache retroussée, habillé riche, flanelle et oxford bleu ciel, cravate en soie, de quoi plaire à mon violoncelliste. Il l'abreuvait d'un flux continu de paroles que mon entrée n'a pas interrompu. La discrétion imposait de repartir sur la pointe des pieds, probablement un amoureux pour la mettre dans cet état. Mais non, il s'agissait du vieux luthier et comme ils ne s'étaient pas aperçus de ma présence, je suis restée pour écouter l'épopée : Roland à Roncevaux, difficile de saisir cette mort subite, la faucheuse avait fait du sale boulot ce jour-là, elle s'était trompée d'étage. Ils se racontaient un film que je n'avais pas vu, mais leur force d'évocation était si grande, leur affection si tangible que l'hologramme du vieil homme clignotait dans le bureau. On lui avait proposé de participer à un grand échiquier. Monsieur on vous demande au téléphone, vous savez, monsieur Chancel, des émissions de télé. Je ne sais rien de la télé, Annick, je ne la regarde jamais. Il avait pris le téléphone.

– C'est pour un violon ? Ah je pensais que vous vous étiez mis au violon, j'aurais pu vous être utile.

Une émission ? Mais je suis un vieux bonhomme d'artisan, que voulez-vous que j'aille faire à la télé, je ne sais pas chanter vous savez.

Il avait su donner une si bonne image de la profession, il avait répondu au journaliste sans jamais se laisser piéger par des questions pourtant insipides. Le nombre de lettres de félicitations et de remerciements qu'il avait reçues le prouvait. Soudain, Annick s'est tue.

– Vous savez, justement le soir de sa mort, nous avions fait un courrier ensemble pour répondre à tout le monde, j'ai envoyé les faire-part de décès à la place.

Le mort ressuscité dans l'espace de leurs regards croisés, son image reflétée dans le miroir de la parole, la densité de l'air dans le bureau s'embuait de leur émotion.

Le petit moustachu, violoniste amateur, monsieur Wormser, chirurgien à la retraite, oto-rhino-laryngologiste, connaissait très bien le vieux luthier. Quand il vient se repasser les films avec Annick, Julien ne met pas les pieds dans le bureau. Il déteste entendre ces histoires, il déteste qu'on puisse prétendre à une préséance concernant son patron, il déteste le petit moustachu.

Le vieux est dans Julien, d'ailleurs il ne dit jamais le vieux, mais : Le Patron, dont il parle sur un ton banal, comme s'il était en voyage, comme un enfant qui voudrait le croire. Souvent le silence et une seconde de regard vide signent l'absence. Julien parlant par bribes, il faut savoir rattacher les morceaux d'une semaine à l'autre, heureusement j'ai l'oreille fine. Parfois le complément d'objet direct n'arrive pas mais ce n'est plus la peine, j'ai compris. Il dit : vous voyez ? Je vois. Les levers de sourcils au-dessus de ses petites lunettes en demi-lune valent tous les assentiments. Arsène m'a expliqué avec des mots ce qu'il faut apprécier : un ouvrier rapide ne fait qu'une seule fois le bon geste, il ne faut jamais se précipiter pour aller vite, anticipe dans ta tête et sois toujours en avance sur le geste que tu es en train de faire. Julien plisse les yeux, il a sous ses lunettes la même lenteur que les *r* roulés d'Arsène, la même qualité. Quand je peine il se déplace et il prend la râpe : la courbure de son poignet lui permet d'exécuter le geste avec aisance. Comme ça : il pose ma main sur la râpe et l'oblige à trouver la bonne inclinaison. Il a toujours pensé à tout, il n'explique rien ; s'il allait à la télé, il montrerait ses mains, comme preuve.

La pipe en moins, j'ai joué à Sherlock Holmes. Jean-Marc a vu plusieurs fois le vieux dans l'atelier de son oncle à Orléans.

– Tu sais l'atelier de mon oncle n'a rien à voir avec celui-ci, c'est beaucoup plus modeste, mais le vieux était de sa génération, ils avaient une complicité d'anciens compagnons. Le vieux ? Comment il était ? Bien une question de gonzesse. Grand, souriant, des cheveux poivre et sel et des sourcils très noirs. Très attentif. Mon oncle lui a confié que j'adorais l'atelier et je me souviendrai toujours, j'avais onze ans, il a promis qu'il m'apprendrait mais qu'il fallait d'abord que j'aille à Mirecourt. Et puis voilà : il est mort, pas très longtemps après cette fameuse émission de télé. Oui je l'ai vue, il a été génial, mon oncle avait les larmes aux yeux. Mais peut-être je confonds et ce n'est qu'après, quand il est mort, que mon oncle pleurait comme un enfant, il n'arrivait pas à retenir son chagrin, les larmes coulaient dans sa moustache et sur le bois. Malgré la jalousie il l'aimait. Jalousie ? Tu ne peux pas comprendre, il les dépassait tous de la tête et des épaules, Julien domine en technique et lui pour le reste, il avait eu l'intelligence quand il est tombé sur Julien de comprendre qu'il avait trouvé son complément, il a laissé l'atelier à Julien pour se consacrer aux relations, aux expertises. Des mains pour deux, et un cerveau pour deux : mon oncle les décrivait ainsi.

Philippe m'en apprendrait plus mais je n'ose pas, le dernier copeau balayé, il ôte sa venote et en un clin d'œil il est parti.

Si grand soit-il, beau, aux yeux bleus, le vieux ne me fera pas mes éclisses. Mouler au fer chaud le bois fin pour lui donner la forme des bords du violon. Les ingrates éclisses se cassent. Les deux arrondis diaboliques qui relient la table et le fond et les soutiennent avec des tasseaux donnent sa forme au violon. Julien glisse avec la pointe aux âmes, l'âme en épicéa qui conduit l'onde, puis la barre ensuite qui renforce les graves. J'apprends un métier de magicien : tailler les *f*, effacer les traces de rabot avec un ratissoire. Le fond en érable résistant et dur arrive de Yougoslavie. La table en épicéa du Jura souple, élastique qui vibre sous les coups d'archet. Pour chauffer des éclisses la première fois, j'ai le goût des douves glacées dans la bouche, j'entends déjà la cassure nette du bois.

Dans les pires moments, je m'accroche : les ricanements de Jean-Marc valent toujours mieux que Sophie plantée derrière le guichet de la poste ou Nathalie qui sert à la pompe du garage de son père en attendant de trouver le fiancé mécano qui reprendra l'affaire.

Je reste volontiers chez les parents où je peux lire sans dérangement et écouter de la musique plutôt que d'essayer de retrouver une complicité que mon départ a rompue ; avec mon bois et mes violons, je suis sortie de leur monde.

– Bonjour les jeunes.

– Bonjour monsieur.

Julien pose une cassette sur l'établi de Philippe.

– Enregistré pour vous hier soir, intéressant, comparez avec la version jouée sur un de nos violoncelles il y a six mois, cette fois, un guarnerius, écoutez les deux l'une après l'autre, différence flagrante.

J'ai tellement l'habitude de ses mots mangés, mais il s'est envolé en prononçant chaque syllabe, comme si l'importance de ce qu'il avait à dire l'obligeait à la précision.

– Ce n'est pas une raison pour ne pas jouer les instruments neufs, les guarnerius neufs ne sonnaient pas comme aujourd'hui je vous l'affirme, le bois doit s'habituer à la bonne résonance, on peut espérer que dans deux cents ans, les violons que nous fabriquons seront des prodiges. Mais les interprètes se moquent de l'avenir, ils veulent prouver leur talent et ne pas prendre le risque de jouer un instrument neuf qui n'a pas la rondeur et la chaleur des vieux.

En réponse à ce lyrisme inattendu, il y a eu un bougonnement dans le coin de Philippe.

– Qu'est-ce que tu dis ?

– Rien, rien, je n'ai rien dit.

Incapables de se parler, ça suffit pour fabriquer l'orage, je déteste l'angoisse qui noue leur violence rentrée, l'avenir des violons pour deux cents ans entre les dents, Philippe hérissé et Julien comme un boxeur les deux poings devant le visage, prêt au pire.

Je m'en vais à pas de loup dans le petit atelier faire chauffer le fer pour mouler mes éclisses. Jean-Marc travaille le neuf.

– Tu sais ce qu'ils ont tous les deux ?

– Trop compliqué pour ta petite tête.

– Tu crois vraiment qu'il faudra deux cents ans pour que ton violon vaille quelque chose ?

– Je ne sais pas.

– Deux cents ans, tu te rends compte, on sera morts depuis longtemps.

– Comme Stradivarius, si tu crois qu'il y a encore quelqu'un qui se souvient de la tronche qu'il avait !

– Deux cents ans ! Je comprends que ça énerve Philippe, tu penses le monde a le temps d'oublier de jouer du violon, et nous, notre métier, notre vie, n'aurait pas d'autre utilité que les vitrines d'un musée.

– Si tu voulais être utile, il fallait devenir médecin ou astronaute, ça n'a jamais servi à rien de fabriquer des instruments de musique pour que si peu de gens la jouent et si peu l'écoutent. Eh ! Si tu t'y prends comme ça, c'est pas un violon que tu vas nous faire, c'est du pain grillé, aïe, tu vas tout casser, c'est cassé, c'est normal. Le moule de Mirecourt permettait de commencer plus facilement. Il y a deux façons de casser, soit tu chauffes trop et le bois devient cassant, soit tu ne chauffes pas assez et pour donner la forme tu forces. Il faut que tu en fasses et que tu en fasses jusqu'à ce que tu trouves le juste équilibre.

Chaque nouvelle étape est un tâtonnement. Cette fois-ci, il faut éviter à tout prix ce petit craquement sec qui indique que tout est à recommencer. Le bois doit se plier sans plainte, doucement, trouver le consentement. Quand je saurai faire les éclisses, la suite sera encore plus difficile ; plus j'avance, plus il me reste à apprendre.

– Regarde.

Il siffle.

– Pas mal du tout, fais l'autre maintenant ; méfie-toi, on n'est pas du tout à la même main.

Il a raison, j'étais mieux pour la droite, la courbure n'est pas bonne du tout, évidemment les pas lourds dans le couloir, Julien, il faudrait que son gros ventre se coince.

– Alors ça casse ?

– Oui monsieur.

– Bien, comme ça qu'on apprend, le club des casseurs d'éclisses, vous pouvez attendre les suivants, ceux qui n'en ont jamais fait n'en ont jamais cassé.

Il regarde mon éclisse.

– Pas mal, ne faites pas la seconde maintenant, vous reviendrez. Préparez-moi la clef de violoncelle sur mon établi.

Dans le couloir, la musique s'arrête. La permanence de l'archet qui court, le son jamais le même, le silence me dérange et m'étonne, Philippe ne se lève pas pour changer la cassette, mauvais signe. Il gratte avec son canif dans mon dos le même violoncelle depuis des semaines, une femme qui pose son instrument à terre et qui marche dessus la minute d'après, le tintamarre que ça a dû faire ! Les cordes rompues, la jambe saignante, elle boitait quand elle a apporté la catastrophe à Julien. Il l'a regardée, elle, pas le violoncelle, longuement, des pieds à la tête, la jambe pansée. Il lui a dit qu'on allait lui réparer son instrument, il l'a reconduite en la poussant dans le dos et il a dit :

– Annick, donnez ça à Philippe, je ne m'occupe pas des fous.

J'ouvre le magnétophone, je sors la cassette des suites de Bach sur le violoncelle Stradivarius qui a une corde de *do* qui vous vrille le cœur, je glisse celle qu'il a apportée ce matin. La clef m'attend sur son établi. Les premières notes me sautent à la tête, je les connais, ma mémoire les attend une à une. Violoncelle, crinière au vent mouvante à chaque foulée du galop qui l'emporte, la lumière transperce les crins échevelés en mesure, trois temps, un soupir, les mottes de terre soulevées par les sabots avec l'herbe qui reste accrochée. Emportée par un cavalier au ralenti d'une chevauchée fantastique, la longue queue noire cingle l'air. L'homme centaure, les cheveux comme les crins, de la même matière au vent, comme ceux de l'archet du violoncelle sans la tension qui les réunit ni la colophane qui les fixe dans une raideur que la romance emporte. Chemise ouverte et torse lisse, balayé de vitesse, un cosaque, le cuir, la sueur, la plaine infinie d'herbes couchées, et le fleuve au bout. La crinière noire d'un cheval bai, et l'homme clair de peau et de crin qui galope dans la musique, la mélodie chantée par la voix humaine du violoncelle. Piano, je le sentais venir, l'homme et le cheval flous dans la plaine. Piano, la vie, violon, viole, vole le cavalier, une bouffée de chaleur.

Violoncelle, piano, violon, je sais : *Triple Concerto*, Beethoven, fouette le sang dans ma poitrine. L'homme sur son cheval dont le galop ralentit, chemise ouverte et bottes de cuir, capable de me serrer, sans prendre le temps d'ôter les bottes, la sueur au front, le torse humide, prendre tout son temps pour me caresser de ses mains qui tenaient les rênes, du temps qu'aucun ne prend, pressés qu'ils sont de se vider, *Triple Concerto*, triple bonheur, écouter et se laisser glisser dans la musique. C'est fini. Il faut recommencer. La cassette continue. Piano seul. Le cavalier debout au bord du fleuve prend le temps de me bercer. La course soudain alanguie, image par image, pour la lenteur de sentir enfin quelque chose. On n'écoute jamais de piano et je ne voudrais pas qu'il s'arrête, les notes s'immobilisent au bord du vide et plongent après cet imperceptible arrêt. Je nage, comme les vagues qui montent et que l'écume souligne, elles se suspendent avant de s'abandonner. Le cheval est au bord de l'eau, je suis le mouvement des vagues pour guetter cet instant où elles vont retomber, il n'y a plus d'homme, plus que moi sans images, que les notes qui sombrent. La musique toute nue. Si je n'avais pas fait ce métier je n'aurais peut-être jamais entendu ça. Le son envolé me laisse orpheline mais il suffirait de rembobiner.

– Philippe, s'il te plaît ?

Les pas de Julien dans le couloir.

– Tu pourrais le remettre ?

– Vous feriez mieux d'écouter l'autre version comme je vous l'ai conseillé.

Il s'approche de son fils, les boîtes des cassettes entrechoquées se succèdent. Voilà, vous allez voir la différence entre un instrument neuf et le guarnerius. Le *Triple Concerto* repart, le cheval avec, les deux violoncelles m'indiffèrent et j'ai perdu la sonate pour piano.

– Le piano, c'est quoi monsieur ?

– Le piano ?

– Oui, sur l'enregistrement d'hier.

– Ah ! Ça vous plaît ? C'est la *Sonate à la Tempête*, vous savez si vous aimez les sonates pour piano de Beethoven, vous avez du plaisir devant vous, il y en a plus de trente !

V

Il suffit de regarder l'enfant assis dans un grand fauteuil, ses immenses cils noirs concentrés sur des choses minuscules. Inutile de le prendre dans les bras, de le couvrir de baisers. Le bébé potelé à la peau tendre frôle de sa main rose mes joues. Les couleurs, un jour, sont réapparues, un lendemain d'une nuit au-dessus de l'atelier. Après le bleu intense du ciel au cimetière, elles s'étaient lâchement évanouies. Mardi danse en lettres animées dans la glace autour du rasoir qui me fait la peau douce pour mon petit-fils. Mardi, comme la semaine dernière, je croiserai la petite en partant, elle aura l'air surpris, comme si elle ne me reconnaissait pas.

– Vous êtes drôlement beau monsieur !

– Je dîne avec mon petit-fils.

– Il en a de la chance.

Un costume, une chemise blanche, une cravate changent l'homme. Pour qui ? Annick sortie du pressing, plus le malheur la touche plus elle est repassée, le désarroi à l'abri du vêtement. Ma tête de mauvais garçon tous les matins et pas d'autre envie que des pantalons de velours gondolés aux genoux et les carreaux délavés de mes chemises. Si le patron m'avait surpris sans cravate un matin, mais ce défaut de correction majeure n'avait aucune probabilité : mes affaires préparées sur le lit, cravate chemise et chaussettes assorties, achetées et choisies sans moi au cas où mes goûts eussent mal convenu, un seul soulèvement de son sourcil m'eût assez puni et fait revenir dans le droit chemin de l'apparence à laquelle Annick tient tant, et que je trahis pour des raisons qu'elle ne partagera jamais. Négligence. Solange repassait devant la télévision en crachant son venin : maintenant que j'étais le patron, elle pourrait bien avoir une femme de ménage ! J'en étais encore à me retourner dans l'atelier pour lui parler, son absence me laissait coi, une boule d'étoupe coincée dans l'estomac jusqu'au soir. J'ai pleuré. Une femme de ménage ! Finis les embouteillages sur le pont de Courbevoie, mes pas dans l'escalier préviennent l'atelier de ma ponctualité quotidienne.

Soupçonner l'autre face du mur sans en rien voir. J'entendais parfaitement quatre pieds au lieu de deux entre tous reconnaissables, deux plus légers ou des talons et des murmures, voix ou rires étouffés, froissé des tissus que portent certaines femmes, bruissement de la soie entre leurs cuisses qu'il venait de caresser.

Mon canif grattait plus fort et il entrait l'air guilleret, se frottant les mains qui, quelques minutes auparavant, avaient touché la limite entre le bas et la peau.

Philippe peut ainsi guetter si je descends seul et confirmer que mon absence de cette maison sens dessus dessous, quittée déjà par sa sœur et lui, et dans laquelle j'ai cohabité pour eux, n'a pas de rapport avec une autre femme que leur mère.

Le jeune serveur, tout le monde commence à être plus jeune que moi, moins alcoolique que son collègue ou pas encore, file la parfaite insolence.

– Un café, un croissant pour l'as du violon, ça va c'matin m'sieur Julien, vous n'avez pas eu trop de mal à venir au moins !

Sa gouaille se déverse sur les contrôleurs de la SNCF en costume gris bleu, casquette sous le bras, la marque rouge de la bande en cuir sur le front, les cheveux aplatis.

Le taciturne respectait mon silence, son nez boursouflé, le haut des joues strié de vaisseaux éclatés, ses mains tremblantes. Un matin, je l'ai trouvé non plus framboise mais citron, le blanc des yeux jaune. L'hôpital se charge de lui depuis. Combien il buvait par jour ? Jamais pendant les repas ! Mais il n'y avait plus de repas depuis longtemps, de la bière, je n'ai jamais pu me rendre compte exactement combien. Le pouce et l'index droits brunis par la nicotine, mégots qu'il fumait en douce derrière le comptoir lors des accalmies. Il sirotait son Picon bière en laissant se réveiller les lumières, s'enfuir les brumes de mon étage.

L'impossible est rentré dans mes habitudes : cette petite à l'affût de tout, fouineuse, souriante m'empêche de bougonner. Sa gaieté me ferait défaut aujourd'hui. Ses yeux jamais dans ses poches, elle ne lève pas le nez de son établi, elle travaille sans relâche. Sa complicité avec Annick seule me froisse intérieurement, chaque fois que je les surprends, témoin impuissant de leurs conspirations de femmes, tout raisonnement sensé me quitte. Je me méfie des femmes.

Pourtant quand elle prend son tabouret pour venir m'espionner, j'aime la sentir près de moi et qu'elle ne s'aperçoive pas qu'au-dessus de mes lunettes, je détaille son visage appliqué qui contemple mes mains sans jamais de question.

– M'sieur Julien, j'vous ressers un café ?

– Non merci, vous avez des nouvelles de votre collègue ?

– Oui, il doit sortir de l'hôpital samedi mais il pourra pas tout de suite retravailler. Ils lui ont passé un sacré savon, il aura plus le droit de boire, mais alors, couic, plus une goutte, autant crever tout de suite, vous croyez pas, m'sieur Julien ?

Pauvre bougre, plus de bière, moi qui ne bois pas, ça ne me priverait de rien, de quoi pourrait-on me priver de comparable, une drogue, la musique. Monsieur Julien, la prochaine note vous serait fatale, il faut stopper immédiatement sous peine de mourir. Vu ma dépendance, heureux qu'il n'y ait pas d'overdose. Pendant que l'autre avait sa télé et son repassage, j'ai tout écouté à la radio, avec l'avantage de n'avoir pas le choix, Berg, Schönberg, Messian, que je n'aurais pas choisis, m'ont été offerts, le bruit de la table à repasser qu'elle repliait me faisait éteindre et jouer les endormis. Après mon installation au-dessus, je me suis offert du beau matériel, pour mieux enregistrer, écouter et choisir. Comment aurait-elle admis que je dépense pour la musique la paye d'une femme de ménage ?

Les mômes, ça ne pense qu'à aller au cinéma, ça sort de l'atelier et ça oublie la musique, heureusement que je suis là pour leur apporter une tonalité de plus, hier soir, fidèle au poste.

– Bonjour les jeunes.

– Bonjour monsieur.

Une flûte et deux violoncelles, au moment où elle me trouvait beau, dans la cour, je l'ai vue regretter soudain de ne pas avoir tourné sept fois sa langue, et sa voix de flûte, un peu aiguë, a émis le compliment. Je tends la cassette à Jean-Marc. Menuhin et Rostropovitch à comparer avec l'enregistrement où il jouait son guarnerius, la différence s'accentue dans les graves.

– Vous comparerez.

Mais jouer les violons neufs pour les bien vieillir, et Philippe qui n'écoute pas, que le bois s'habitue à la bonne résonance, garde la mémoire du développement des ondes, et dans deux cents ans mes violons seront des prodiges. Recroquevillé sur son établi, les épaules voûtées, j'attendais le marmonnement confus. Mais son zinzin n'est rien d'autre que du bruit auquel je ne peux consentir, fabrication de faux son, électronique. La musique sera toujours, par essence, artificielle, le temps de fabriquer un violon, l'onde entre l'érable et l'épicéa n'ont rien de naturel. Les années de travail, une vie d'expérience, celle du musicien qui joue la musique qu'un autre encore a écrite et le temps pour un violon de s'ouvrir : des éléments fabriqués de toutes pièces. Alors l'électronique ou le bois, autre temps, autre génération, voilà ses idées, je les connais par cœur mais notre destin de luthier n'y résisterait pas.

– Je ne veux pas entendre parler de ces zinzins dans mon atelier, c'est compris, je ne veux pas que tu me contamines les autres, tu entends ?

– Je n'ai rien dit.

– Eh bien continue.

– C'est toi qui deviens zinzin.

– Quoi ?

– Rien.

Lui éviter de me ressembler, lui donner un bagage. Mais il a attendu que son argent récolté dans les bouges où il joue sa musique la nuit, les yeux rougis par la fumée et le manque de sommeil, et ma patience, touchent le fond en même temps et le lundi matin, alors que je le soupçonne tout simplement de ne pas s'être présenté à ses examens, quand je l'ai trouvé assis à son établi, je n'avais plus, ma patience épuisée, d'énergie.

La mort pourrait me saisir, trop gros, le gras balladeur bouche en dormant un vaisseau, et voilà Philippe seul, obligé de reprendre le flambeau. D'un coup comme le patron, monsieur, je vous en prie, répondez-moi vous avez mal quelque part ? Mal ? Mais il n'était qu'une douleur, le coma, il a entendu, aorte disséquée, imaginait-il en avoir une susceptible de se rompre, vieux, usé, les salauds ils vont me laisser crever ou la douleur trop forte pour aucune pensée. Ou à petit feu, avec le temps de sentir les tentacules d'un monstre qui bouffe tout, pas mieux.

Ça cause, pourtant ses premières éclisses ne devraient pas lui donner envie, il faut que je refasse cette clef en buis, l'ébène n'ira pas avec les autres, elle est irréparable. Comment font-ils pour casser leurs instruments ? L'usure, l'utilisation je veux bien, mais briser, comment ? Absence de respect. Comme si l'instrument s'animait soudain d'une vie intérieure qui le pousse au suicide, ils ne savent jamais comment. Pour leur tirer les vers du nez le patron avait un talent fou. Des histoires à dormir debout que le conteur enjolivait : je vous le jure, sur la tête de sa femme, le manche de violon comme un manche de pioche et, bing, un grand coup sur la caboche ! Preuve, s'il en fallait, qu'elle avait la tête dure, le manche et le fond n'ont pas résisté, si vous voyiez la gueule de raie de sa femme, moi, ça ferait lurette que je lui aurais cassé quelque chose sur le crâne, évidemment un violon il faut avoir les moyens. J'en souris encore.

Les clients, la culture leur sort par tous les pores de la peau, très bien élevés, la musique n'est pas un sport de pauvres.

Abandonnée la petite avec ses éclisses, ça lui forgera le caractère, elle me fabriquera très bien cette clef. Il viendra un jour où je ne pourrai plus passer dans ce couloir.

– Alors, ça passe ou ça casse ?

– Ça casse, monsieur, ça casse.

Ne pas la foudroyer malgré l'imperfection et plutôt l'envoyer vers la clef pour reprendre les éclisses qui, de loin, n'atteignent en rien le degré de perfection qu'exige le métier.

– Vous l'avez conseillée, Jean-Marc ?

– Heu, oui, monsieur.

– Et vous en pensez quoi ?

– J'en pense que si l'ouvrier est une jolie fille que je prendrais bien dans mes bras, j'attendrais qu'elle soit sortie pour les lui refaire avant que le patron n'arrive...

Voilà le bois moulé, posé sur les tasseaux, si souvent reproduit que le geste me semble simple. Comme les cavaliers dont la fixité vous fait croire au centaure, un jour on s'assoit sur un cheval, à chaque foulée on manque de tomber, on se fait mal aux fesses, on est loin du phantasme. L'aisance issue d'une expérience de trente ans. Quand la petite fera des éclisses depuis trente ans elle galopera, sûr.

– Jean-Marc je ne veux pas d'histoires dans mon atelier.

– Oh ! monsieur, c'était pour rire

– Je ne ris pas du tout, ici je veux qu'on travaille, vous m'avez compris ?

– Oui, monsieur.

– Ce que je vous en dis, vous savez, je préfère, je ne pense pas que le *Triple Concerto* soit un chef-d'œuvre mais l'interprétation est intéressante, je crois qu'il vaut mieux ne pas mélanger la vie privée et la vie professionnelle, ensuite la *Sonate à la Tempête* par Richter, je crois bien que j'en ai quinze versions différentes.

Plongé sur son palmer, il ne répond plus. J'aime le piano, libéré de la facture, je ne me sens pas le critique de l'outil. Les cordes me coûtent une audition contrariée par la responsabilité, le piano me laisse en liberté. Le *Triple Concerto* se termine, je retourne à mon établi pour écouter la sonate et ne pas en perdre une note. Surtout le troisième mouvement, il faudrait que je sache transmettre à mon petit-fils, pianiste, je veux bien lui payer des leçons, j'en parlerai à Catherine. Sviatoslav Richter, mes respects monsieur le sonneur de touches, quelle douceur, quelle énergie, une si grande connaissance des harmonies que nous devons à un homme qui, déjà, n'entendait plus rien.

VI

En traversant le bureau d'Annick, il songea pour la millième fois qu'elle devait descendre en droite ligne d'Attila pour ne rien laisser derrière elle de peur que l'herbe ne repousse pendant la nuit : elle quittait le bureau comme s'il n'avait jamais servi, aucune commande, aucune facture ne survivait à son départ de la pièce qu'elle laissait stérilisée, inhabitée. Il s'assit, écartant les pans de son manteau dont il avait défait les boutons en entrant, et ouvrit le deuxième tiroir de gauche, le cahier de rendez-vous vert en simili cuir s'ouvrit à la bonne page, la baronne fidèle à l'ordre hun, ayant retenu les jours déjà écoulés par un grand élastique.

Premier rendez-vous, dix heures, expertise, Kargermann, jamais entendu parler, probablement un maigre petit violon de Mirecourt refilé dans une vente aux enchères. Onze heures Wormser. Ah non, pas Wormser aujourd'hui, encore l'âme de son violoncelle pour me faire perdre mon temps, on n'y peut rien changer à son âme, torturée, à souhait, pauvre enfant gâté de la vie. L'interprétation, mon cher, diffère de la médecine en ceci qu'elle ne s'apprend pas dans les livres. Allez, je le confie à Julien, tant pis pour leur incompatibilité !

Laissant le bureau imprégné de sa présence, il passa dans l'atelier où il ôta son pardessus et sa veste les yeux perdus vers la fenêtre de la cour : depuis combien d'années attendait-il que la femme de sa vie se profile devant cette fenêtre et s'arrête pour le regarder travailler ! Il mit sa venote avec des gestes réguliers et simples, son égérie n'avait pas changé depuis cinquante ans : très jeune fille aux longs cheveux fins, avec un léger mouvement de tête pour écarter la mèche qui barrerait son visage.

Sur son établi il avait laissé la veille le violoncelle d'André. Sa pensée échappa au présent pour retourner au petit garçon de neuf ans gracile et concentré qu'il avait vu débarquer un beau matin dans l'atelier. Comme tous les arrivants d'ailleurs, lui et son père avaient cet indescriptible air égaré, on ne pouvait pas être certain qu'ils aient mangé un vrai repas depuis longtemps, mais le projet de venir à l'atelier les avait nourris. Illuminés comme tant d'autres, persuadés que si l'on prêtait, juste pour l'écouter, un violoncelle au petit, l'interruption du silence allait convaincre la terre entière. Malgré cet air de perdition, comme si le sol sous leurs pieds allait céder, la certitude du miracle les avait menés jusqu'à lui. Il se souvenait parfaitement avoir failli leur tourner le dos, ne pas les écouter. Le père parlait un français lent et recherché, expliquant que son enfant travaillait sur un mauvais violoncelle depuis l'âge de quatre ans, qu'il fallait l'écouter car il avait un véritable talent. Le vieux luthier se souvint d'avoir été agacé par cet entêtement farouche et de s'être dit : après tout ça ne coûte rien, le meilleur moyen de me débarrasser de sa gênante insistance c'est de céder à sa demande. Les genoux du gamin sortaient d'une culotte courte, son visage mutant, à mi-parcours entre l'enfant et l'adolescent, penché sur le manche un instant, écoutant l'instrument peut-être ou lui adressant silencieusement une supplique pour que le bois et les cordes comprennent l'enjeu, l'archet ondulait dans sa main translucide. Le souvenir de la sonorité imprévisible le fit frissonner, le violoncelle bercé au rythme du contrepoint de Bach, mon Dieu, il s'en était fallu d'un cheveu, un degré d'exaspération supplémentaire, et dire non, impossible de prêter un violoncelle qui ne m'appartienne pas, ne pas l'entendre, et ne pas en frémir cinquante ans plus tard. André aujourd'hui sous des cheveux clairsemés blancs, malgré la différence d'âge il avait blanchi bien avant le luthier, répétait que sa vie avait commencé dans cet atelier.

Voilà pourquoi, quand il rencontra cette jeune femme pâle et brune avec ses bandeaux réunis en un lourd chignon, il l'amena pour la regarder à la lumière de l'atelier. Elle avait l'air égaré mais le contraire eût été impossible : comment aurait-il pu trouver une bonne Normande ou Savoyarde plantée dans la terre de France lui que le déracinement n'avait jamais quitté. Il l'espéra un court instant violoniste mais elle chantait, et le luthier commença de craindre sa voix avant même de l'avoir entendue, se doutant que si André avait rencontré son équivalent en voix, il risquait de se damner pour l'interprète et l'instrument réunis.

Cette voix, unité de femme et de son, indissociables poitrine, poumons, cordes vocales, lèvres, créait une impalpable émotion tout en étant curieusement détachée de toute sensualité ! Le luthier devint obsédé par l'idée de voir et palper ces fameuses cordes si différentes de celles qu'il tendait tous les jours. Il chercha qui pourrait les lui dessiner ; dans un coin de sa tête, il garda cette quête et, un jour, en essayant de ne pas faire sentir l'urgence il demanda à Wormser de le guider pour comprendre comment fonctionnaient les cordes vocales. Les livres d'anatomie le déçurent car ils ne répondirent en rien à la question de savoir ce qui pouvait produire un tel envoûtement. Avant Nadia, la voix faisait son chemin à côté de lui sans le déranger, il en écoutait d'une oreille distraite, considérant le chant comme un sous-produit musical fait pour amuser la populace milanaise, mais après l'avoir entendue chanter Berlioz et Fauré, il oublia son mépris. Transpercé alors que rien en elle, douce aux blanches mains, visage candide aux grands yeux calmes, ne laissait prévoir ce qu'on allait ressentir.

Il insista auprès de Wormser en le flattant quelque peu, prétendant soudain s'intéresser à son activité professionnelle, pour voir, en vrai, des cordes vocales. Quand il fut penché, gêné par l'accoutrement, le calot bleu ciel le faisant ressembler à un chirurgien – après s'être réveillé en pleine nuit en pensant que l'endormi sur lequel il essaierait de voir les cordes vocales ne chantait pas, surtout de cette voix impossible qui le hantait, se raisonnant alors entre rêve et réalité : comme les violoncelles, des plus médiocres aux plus fabuleux la forme ne diffère pas beaucoup, pour un néophyte comme lui, il n'y aurait pas grande différence entre un poinçonneur de tickets et une diva de la mélodie française – la petite lumière attachée au front ne lui permettait pas, malgré son application attentive, de distinguer autre chose qu'un conduit aux parois rouges. Il mit un moment, en écoutant les explications, à prendre conscience que les deux éléments qu'il cherchait se trouvaient sous ses yeux : pas des cordes, des lèvres et le conduit comme un sexe de femme avec simplement l'air pour faire battre sous son flux, frémir et jouir les deux membranes, et pas un sexe d'homme cylindrique, élastique et rigide. Différence fondamentale avec ses cordes, juste le nom en commun, les siennes tendues avec des clefs, une fibre unique alors que les autres reliées par un voile de chair ressemblaient à un hymen.

Nadia, que jamais il n'aurait osé serrer contre lui, faisait vibrer ses lèvres animées de souffle comme les feuilles des peupliers. Et il songeait en l'entendant à ce que son sexe d'homme aurait pu faire à un sexe de femme en le faisant palpiter, se consolant des frissons qu'il ne put jamais empêcher en trente ans à l'entendre chanter.

Le chevalet qu'André lui avait demandé de vérifier ne demandait qu'à se décaler légèrement, en revanche la clef de la corde de *do* devait être changée sous peine de fracture.

Évidemment ils n'avaient pas pu repartir avec le violoncelle que l'enfant avait essayé, encore que ç'eût été plus juste sur le plan musical, que cet enfant de neuf ans le joue plutôt que son propriétaire : un jeune garçon est arrivé d'une autre planète, il joue tellement bien votre instrument que je le lui ai donné ! Il avait donc fallu négocier avec le père pour qu'ils acceptent un violoncelle neuf qu'il paierait plus tard, par morceaux, quand bon lui semblerait, curieuse discussion mêlée de gêne et de dignité, l'aisance du langage manquait pour ne pas confondre dénuement et misère. Une fois la porte refermée, du haut des marches il avait regardé les deux silhouettes avec le violoncelle entre elles en se disant qu'il ne les reverrait jamais, qu'ils allaient prendre l'avion pour New York le lendemain. Erreur.

Nadia partait sans rien pour ses tournées, une écharpe autour de son cou frêle et un sourire devant le fatras d'archets de colophane et de chiffons qu'il trimbalait dans sa boîte. Le *la* d'accord parfait entre eux c'est encore elle qui le lui donnait en se moquant. Aujourd'hui la supériorité du bois sur la chair, du crin de cheval sur le larynx a fait qu'elle ne s'est pas désaccordée, elle s'est seulement tue : les cordes se sont brisées, le frémissement transmis reste muet depuis deux ans.

Le premier violoncelle fut payé sou par sou, pour l'honneur. Et après avoir lié Nadia à sa vie, les deux voyageurs impénitents parcoururent le monde pour bruire chacun à sa manière et revenir, rue de Rome, entre deux avions, s'asseoir et causer.

Nadia aux blanches mains, cheveux noirs, femelle à laquelle il n'aurait, dans cette vie agitée de femmes autour de lui, jamais su toucher. Quand André l'avait conduite pour la première fois à l'atelier, le luthier avait quarante ans, amateur de cuisses, fesses, yeux et longues chevelures, coquetterie et infidélité. Cette voix, ce teint lui firent définitivement préférer les blondes. Qui ne chantaient pas.

– Bonjour monsieur.

– Bonjour Annick.

Avec un air offusqué et tandis qu'il faisait semblant, le sourire à peine masqué, de fourgonner dans ses outils, elle prit son pardessus et son veston sur le tabouret et repartit les suspendre sur un cintre dans son bureau, loin de la poussière et du vernis.

VII

Luthière pour la vie, sans aucun doute. Perfectible à chaque geste malgré le précipice empli d'eau en permanence à ma droite. Arsène avait dit : une table, du moment que les quatre pieds sont d'aplomb, du moment qu'elle est d'équerre, c'est bon. Le violon et les angles droits ? Rondeurs et courbes d'une proportion suspendue comme la perspective au-dessus de Picasso, loin dans l'inconscient pour mieux ne pas s'en servir. Assembler les morceaux de bois pour la musique car seule la musique compte. Partie de ce jardin derrière la maison, la haie pour seul horizon, barre noire dans le rouge de mes yeux fermés. Parents modèles contre lesquels j'ai bataillé, le peu que vous eussiez pu jouer comme rôle eut été de m'avertir qu'on ne faisait pas ce métier sans musique ; au lieu de guerroyer contre mes envies, vous auriez dû m'envoyer étudier l'harmonie et le contrepoint. Mais je voulais être luthier, mes oreilles n'auraient rien entendu.

Allongée sur une serviette au soleil, un oreiller sous les seins écrasés, je travaille le livre que m'a offert monsieur Wormser : écriture verticale, heureusement *le Petit Robert* n'a pas bougé, l'évasion le long des colonnes perdure, contre-pieds, contre-poil, contre lui, serrée pressée, le désir ne m'avait jamais atteinte de ce poids. *Contrepoint : 1398, de contre et point, « note », les notes étant figurées par des points. Art de composer la musique en superposant les dessins mélodiques.* J'avance dans la pénombre. Les moines chantaient avant le contrepoint, d'une même voix, une rangée horizontale de notes ; ils remplissent encore aujourd'hui la basilique de Saint-Benoît de ce chant d'avant le contrepoint : la monodie. Ça rassure de désigner les choses par leur nom, l'ignorance ne se dissipe pas pour autant.

Près des douves, fille de Charlemagne, robe bleue et ceinture dorée. Sous le fleuve des cheveux tombants, le prince suppose la saignée du dos, il descend de son cheval et s'avance à pas lents, ses bras s'ouvrent pour prendre contre lui celle dont il imagine ce sillon souple et tendre, celle qui ne l'a pas vu, juste senti, sueur, cheval.

Et ces deux-là auraient chanté d'une seule voix ? Peut-être tout simplement la fille avec son diadème posé sur les cheveux d'or n'a-t-elle pas voix au chapitre, muette, la mâle voix existante, dominant tout. Que la fille de Charlemagne, princesse au petit pois dormant, reste dans ses contes à dormir debout ! Il me faut un chant, une ligne de notes à moi.

Julien vit dans une monodie imposée comme règle absolue : digérer tout ce qui est écrit et joué, encore et encore, cinquante versions de chaque œuvre. Au début j'ai avalé tout ce qu'il m'offrait sans discuter. Plutôt mieux que la cervelle d'agneau. Impossible de connaître vraiment son opinion ou de s'assurer qu'il en ait une mais l'adhésion à sa boulimie le comble. Sa mine renfrognée s'éclaire à certaines phrases musicales, sans explication. Mais quand il sent une seconde de désintérêt ou de dissidence il entre en méfiance. J'ai mis du temps à comprendre, il faut vivre pour lui et par lui, le moindre désintérêt le blesse. L'atelier de mon arrivée avait la saveur de la nouveauté : je mettais mes pieds dans les dalles du trottoir pour conjurer le mauvais sort, je croyais que les violons seraient rangés comme chez la mercière, je n'avais d'oreille que pour Julien : admiration illimitée et sans faille.

Il est tombé de son piédestal en cinq minutes, un matin où nous l'avions entendu descendre, les garçons me proposaient d'aller le soir au Cirque d'Hiver écouter Higelin. Tu ne vas pas encore nous dire que tu attends ton violoncelliste au cou de poulet ? Ils avaient planté leurs tabourets devant mon établi et leurs mines insistaient : laisse donc tomber ce bêcheur ou alors explique-nous ce que tu lui trouves de plus que nous. Allez ne discute pas, viens !

Quand Julien est entré, Philippe imitait le cou de poulet et je riais de son talent, prête à sortir avec eux et laisser Pierre à la petite luthière bien-pensante qu'il veut faire de moi. Nous n'avons rien entendu jusqu'à ce que Julien soit debout derrière les garçons et que sa présence nous fasse taire comme des collégiens pris en faute. Si j'avais été maligne, je n'aurais pas laissé le silence s'installer, nous étions à l'époque où il m'aurait pardonné n'importe quoi, il fallait le convier à notre complicité. Monsieur, ils sont en train de me convaincre d'abandonner ce grand nigaud qui me regarde à peine, ils disent que je vaux mieux que son dédain, ils me font le courrier du cœur. Il aurait ri, m'aurait tapoté la joue. Mais ce silence lui a servi de prétexte et Philippe au lieu de bougonner comme d'habitude lui a, pour la première et la dernière fois, répondu.

– Je ne vous dérange pas trop ?

En vérité si, il aurait mieux fait de prendre son temps pour siroter son café.

– Si je vous dérange, il n'y a qu'à le dire.

Au lieu de rentrer un peu plus la tête dans les épaules, et remettre nos projets à plus tard quand son père aurait détourné ailleurs sa grogne, Philippe s'est redressé, d'un coup grand, fort et jeune.

– Mon pauvre Julien, décidément, tu deviens complètement parano !

Je me doutais depuis le début, où sans crier gare Philippe s'était assis à son établi, qu'un jour tout éclaterait. J'avais dû marcher sur les joints des dalles ce matin et provoquer l'explosion des paroles enfouies, Julien qui ne rentre plus chez lui depuis des années, j'espérais tous les jours que ce conflit ne s'ouvrirait jamais, qu'ils n'en viendraient jamais aux mains.

Les colères de Julien le faisaient tourner à la brique mais quand Philippe lui a répondu, il a viré au blanc cireux, nez pincé : il va s'affaler, lourd comme il est, avec un bruit d'éléphant qui s'effondre, je nous ai comptés pour m'assurer que nous pourrions le ramasser mais il a gonflé sa poitrine.

– C'est MON atelier, MON atelier, vous êtes MES ouvriers et vous me devez le respect, vous entendez ?

On entendait trop, sauf qu'il aurait dû dire aussi MON fils et qu'il ne l'a pas dit, il nous payait pour ça, nous n'avions rien d'autre à faire dans son atelier.

– Parano ? Parano ? Mais tu te fous de ma gueule ?

À ce moment, il aurait fallu que nous lui fassions des excuses, mais j'ai vu les yeux du père et du fils et j'ai entendu la suite sans surprise :

– Oui, oui je me fous de ta gueule, oui.

– QUOI !

Julien a hurlé au point que, du mot à peine compréhensible, j'ai entendu le *OI* très fort mais le *q* s'est avalé dans le beuglement.

Comme en voiture, le pied enfoncé sur le frein, on voit bien que c'est fini, qu'on ne pourra plus rien, qu'on y va droit, on a le temps d'attendre la casse irrémédiable.

– J'ai dit oui.

Une gomme, vite, excuse-moi, je me suis emporté, les mots ont dépassé ma pensée.

– Je me fous de ta gueule, tu es ridicule, nous discutions de...

Trop tard, Philippe, pas dans ta partition. Julien avait repris son souffle quelque couleur et un ton plus calme.

– Je ne veux rien savoir, rien écouter, je ne supporterai plus que tu m'adresses la parole, je te donne cinq minutes pour quitter l'atelier.

Partir, ne plus jamais revenir, l'accident inévitable, la tôle froissée, ni trace ni bruit de freins, les deux cinglés emplafonnés à pleine vitesse, plus seulement une aile mais les voitures entières fracassées au milieu de l'atelier avec deux blessés graves : le fils viré et le père qui a viré ce fils.

Philippe a ôté sa venote très lentement, sans colère, il l'a posée en cherchant quelque chose, son regard s'est arrêté soudain et il a pris son rabot merveilleux. Adieu consommé.

La première fois que Philippe m'a adressé la parole il s'agissait du rabot :

– Toi qui ranges tout dans l'atelier, est-ce que tu ne l'aurais pas vu ?

– Quoi ?

– Mon petit rabot.

J'ai su alors la valeur du cadeau, comme un signe, un appel, et par-dessus tout la raison de sa présence à l'atelier, après qu'il m'ait décrit les mains du vieux :

– Les doigts très longs, les ongles toujours coupés ras, d'une propreté parfaite et la dernière phalange de chaque doigt légèrement enraidie dans la position de maintien d'une pièce de bois. Ses mains lui ressemblaient, elles avaient le même nez, les mêmes rides, mais je suis un peu fou, je t'embête avec ses mains.

– Tu les as regardées tant que ça ?

– Plus que ça, j'étais obnubilé, je pouvais les contempler des heures sans rien dire alors que je ne supporte pas de regarder mon père. Si tu l'avais connu, tu serais tombée amoureuse de lui.

– C'est vrai qu'il aimait les blondes ?

– Il aimait les blondes pour autre chose, mais il t'aurait aimée pour le métier.

Moi ? Aimée d'un homme de soixante-dix ans ou d'un mort mythique, il m'aurait mis une main sur la joue, cette fameuse main aux ongles impeccables, il aimait les blondes pour l'amour et moi ?

La magie du Cirque d'Hiver ce soir-là : les grands lustres, la piste rouge et l'escalier noir au-dessus de l'entrée des artistes, les dorures aux frontons des entrées : tête de cheval ailée, sûrement pas du goût de Pierre mais tant pis. La salle chauffée à blanc de l'avoir attendu longtemps, le public tapait des pieds des mains, hurlait le nom d'Higelin : Jacquot, Jacquot. Tout en noir cravate rouge, lunaire, il a fomenté le délire, les décibels plein les oreilles, polyphonie, « je n'vis pas ma vie, je, la rêve ». Debout, applaudir pendant trois heures. La folie du matin loin de moi, j'aurais embrassé Jean-Marc et Philippe à pleine bouche ou mon voisin inconnu, les ailes des chevaux dorés me poussaient dans le dos, la musique m'assourdissait, le bruit du carambolage éteint. Sortis de là « tombés du ciel ». Philippe sautait sur le trottoir :

– Il faut croire à la vie, tu as entendu, il faut que la mort nous trouve vivants, je ne suis pas fait pour la lutherie, je m'ennuie, mon vieux a fait un acte de charité ce matin, la seule chose que j'aime, c'est faire de la musique, pas des instruments, et pas ceux-là. Vous savez les potes le seul avenir du violon ? C'est que les extra-terrestres nous débarquent dessus et que la seule arme pour les anéantir soit le son du violon. Tu vois ça le boom sur le marché ! Autorisation de port de violon, contrebande de violons, renaissance de la mafia, la rue de Rome transformée en royaume de la pègre et mon père en Al Capone, là je reviens à l'atelier !

Après le départ de Philippe, les cordes de Jean-Marc se sont détendues, sa confiance brisée. Pour l'oncle d'Orléans jusqu'alors négligé, il a trouvé du temps, désertant l'atelier en fin de semaine quand le travail le permettait. Cercle vicieux, son désintérêt l'a cantonné à des tâches secondaires et Julien m'a confié les clients et l'organisation qu'il ne maîtrise pas autant que la lutherie.

Mon cocon éclaté avec les morceaux de tôles sur lesquels je me blessais tous les matins, l'établi de Philippe vide me rappelait durement que je n'avais pas su freiner cette catastrophe, Julien encore plus silencieux et Jean-Marc persuadé de voir son tour arriver. Tout ça à cause de ce crétin de Pierre. D'abord j'ai pensé à lui avec une certaine honte et puis je l'ai oublié, si bien qu'un matin, le croisant en bas de l'immeuble :

– Oh bonjour, excuse-moi, je suis en retard.

– En retard !

Sept heures moins le quart, que pouvait-il bien faire dehors à cette heure ? Peut-être m'avait-il guettée dans l'escalier et avions-nous échangé les rôles ?

Sa présence m'a retenue quelques pas, puis, je n'ai plus songé qu'à mon ouvrage : amener Julien à faire le vernis, jamais de front, si j'ai fini avant huit heures et demi et que le violon soit sur son établi quand il ouvre la porte, signe que je suis à l'atelier depuis l'aube, il vernira avant toute autre chose par respect pour mon travail. Annick n'aura pas besoin de pointer son nez, il ne se mettra pas en rage, une guerre de moins, bonne économie. J'ai allongé le pas et les valses hésitations de la pomme d'Adam et du violoncelle me sont sorties de la tête une fois pour toutes.

Jean-Marc voulait partir en vacances et ne pas revenir.

– Tu verras, après mon départ, ce sera ton tour.

Mon seul courage devant la mauvaise foi de Julien : me taire, ne pas acquiescer quand il me prend à témoin de sa méfiance.

– Personne ne peut supposer le climat qu'il entretient ici, ne te mets pas en tort, n'oublie pas qu'on lui envoie des violons du monde entier, ce que tu as fait ici toutes ces années lui appartient.

J'ai fini par le convaincre de s'en aller dans les formes, malgré le peu que Julien en met.

Quant à Philippe, les cheveux gominés plaqués en arrière, il défonce l'air enfumé d'un piano-bar de sa voix de crooner, une chaîne autour du cou avec son petit rabot merveilleux enfilé dessus. J'y passe certaines nuits du samedi.

– Je peux te demander pourquoi tu l'appelles le rabot merveilleux ?

– C'est le vieux qui lui a donné ce nom, il a la taille adaptée aux ajustements les plus fins, il tient juste dans les doigts, c'est l'outil merveilleux, quand tu cherches c'est lui dont tu as besoin.

Tout ça ne comblait pas mon précipice, je me classais avec regret dans les bons techniciens, sachant très bien que sans la musique je ne deviendrais jamais un grand luthier. Et voilà que monsieur Wormser débarque un beau matin avec deux clefs de son violoncelle qui avaient vécu, sachant à quel point Julien le hait, il s'adresse à moi directement et bavarde comme un perroquet : il a de la peine à jouer la musique de Maurice Ohana, ça demande un métier qu'il n'a pas, mais enfin quand les œuvres de Stravinsky sont sorties on a décrété qu'elles étaient injouables et à présent tout le monde les joue. Timidement j'ai dit :

– Vous savez, je ne sais pas qui est Maurice Ohana, quant à Stravinsky, à part *L'oiseau de feu*...

Sa moustache a souri.

– Vous savez c'est déjà pas mal de l'avouer, vous connaissez Picasso ?

Je ne voyais pas le rapport.

– Non.

– Nous allons commencer par là. Samedi après-midi vous ne travaillez pas ?

– Mais pourquoi Picasso ?

– Et pourquoi pas ?

Seule image : mon bouquin d'histoire, la période bleue illustrée par le portrait terrifiant d'une femme espagnole, avec un foulard et un œil blanc, une sorcière ou une mendiante, noire et bleue, torturée : *la Célestine*. Le samedi, quand il est venu me chercher, j'avais réparé ses clefs, il m'a tendu le livre que je dévore, dans la collection « Bouquins », en papier journal, *Une histoire de la musique* de Lucien Rebatet.

– Attention ! Le bonhomme était un sinistre antisémite, aucun musicien juif n'a grâce à ses yeux, mais la base est bonne, vous êtes prête pour Picasso ?

– Mais pourquoi Picasso ?

– L'ordre, le désordre, la passion, la raison, la folie, le génie, le changement, la maîtrise absolue. Vous êtes une enfant de la fin de ce siècle et lui est le peintre du siècle, il vous est interdit de le méconnaître. Vous êtes confinée dans vos violons avec Julien tourné vers le passé. Par ailleurs, j'adore ce musée et la peinture qui s'y trouve et on ne transmet bien que ce qu'on aime. Enfin, vous ne connaissez rien à rien, il faut bien commencer par un bout. L'art, c'est l'art ; la musique, la littérature, la peinture, tout est lié, même la science, ce ne sont que différentes possibilités du développement intellectuel des hommes. À une époque donnée, toutes les intelligences supérieures suivent des voies parallèles : le cubisme, l'inconscient, la relativité, Einstein, Freud et Picasso, même combat. Stravinsky pareil. J'ai bien pensé à vous embarquer dans un avion pour Antibes et vous montrer les faunes qui jouent de la flûte en regardant la mer, mais il faut que vous acceptiez de devenir un buvard. Absorber tout ce que je vous propose, vous écouterez le *Sacre du Printemps* et puis le *Pierrot lunaire* mais n'oubliez pas *La flûte enchantée*, n'est-ce pas ? Ne comptez pas sur moi pour vous dire pourquoi il a mis du bleu là et du rouge à côté parce que ça m'est bien égal, je ne vous raconterai pas non plus ses histoires de cœur, rien ne me hérisse plus que les fragments de biographie qui déparent les entrées de chaque salle et les imbéciles qui les lisent, ce qui m'intéresse c'est l'œuvre, nous y allons pour voir de la peinture.

Tourbillon de mots, sans traduction simultanée, flot ininterrompu, nous sommes montés dans une invraisemblable voiture bleue décapotée avec l'intérieur en cuir rouge.

– Elle vous plaît ma voiture ? Vous savez ce que c'est ? Une Facel-Vega, ma première automobile, je l'ai toujours gardée.

Une musique branchée avec le contact a lancé ses accords curieux.

– Vous savez ce que c'est ? Miles Davis, *Kind of Blue*, vous avez du chemin à faire.

Ma mère a tellement insisté que je suis rentrée pour le week-end du 14 Juillet. J'ai traîné les pieds pour sortir et finalement le hasard du tir à la carabine a voulu que – ce soir quand ils dormiront, en silence les pieds nus sur les tomettes, près des douves, il arrivera derrière moi pour me serrer contre lui – je retrouve cet homme, ni garçon ni adolescent, toujours adulte par rapport à la gamine que j'étais. La fête, le bal, mon adresse au tir, il s'est pris au jeu, je l'ai battu.

– Tu danses, jeune fille ?

Célibataire, séducteur au dos cambré, son œil ironique planté sur toute la population féminine, tombeur des grandes, cet homme inaccessible m'a ouvert ses bras.

Picasso visite folle, monsieur Wormser avait sorti de sa poche un petit cadre en papier, il sautait partout dans le musée, tout le monde se retournait.

– Regarde ce qu'est la peinture, approche-toi, le recul c'est stupide, mets ton nez dessus et fais-moi le plaisir de regarder comment c'est peint.

Chaque morceau devenait un petit tableau à soi tout seul.

– Centimètre carré par centimètre carré, rien n'est laissé au hasard, tu vois ce n'est pas très différent d'écrire des notes de musique, aussi abstrait, aussi concret. Tu sais que l'abstraction pour désigner la peinture c'est une ânerie, tu sais ça ?

Il avait oublié que je ne savais rien.

– La nécessité s'est faite pour les peintres de démontrer qu'ils n'avaient pas besoin de sujet pour peindre, les musiciens sont moins prisonniers, la musique n'a pas besoin d'évoquer des images pour être de la musique, n'est-ce pas ?

J'ai eu honte soudain de mes chevauchées beethovéniennes.

– Voilà les peintres condamnés à peindre des hommes, des femmes, quelques animaux, des tables ou des pommes. Mondrian, Piet, a montré que la peinture n'avait pas besoin de sujet pour exister. Mais on peut aussi se servir du sujet sans en être prisonnier, la preuve : Picasso. Maintenant que je t'ai montré la peinture avec mon petit cadre, tu peux commencer à regarder les tableaux. Et puis après tout on s'en va, il vaut mieux rester sur sa faim. Tu reviendras toute seule.

Nous étions restés un quart d'heure.

– Vous visitez toujours les musées comme ça ?

– Non, je hais les habitudes. Toute ma vie j'ai pratiqué un métier d'habitudes. Alors, dans les musées, je m'amuse. Parfois je passe trois heures devant un seul tableau, et parfois je traverse un musée au pas de course. En musique *idem*, je peux écouter tous les jours le même passage d'un quatuor de Beethoven ou m'envoyer l'intégrale des sonates, tout dépend de mon humeur, est-ce qu'on fait l'amour tous les jours de la même manière ? L'art est tellement lié à l'imaginaire, et l'amour aussi, il faut lire l'histoire de la musique et je vous emmènerai au musée de l'Homme.

Mon conquérant du 14 Juillet m'a laissée devant la maison remplie de frissons. Il me serrait le haut des cuisses et le ventre contre les siens en me jaugeant les yeux plissés, se cambrait en arrière pour rire. Les autres que j'ai connus, muets et transpirants, la respiration courte, leur bouche humide, enfouissaient leur envie dans mes cheveux.

– Toi, tu es un sacré phénomène !

– Mais pourquoi ?

L'envie née du contact avec lui remontait jusque dans mon cou et le bout de mes seins par vagues.

– Tu crois qu'il y en a beaucoup des petites bonnes femmes qui s'en vont à Paris pour devenir luthier? Serre-toi contre moi, ma douce, je sens ta fraîcheur. Dis-moi, y en a-t-il un seul qui t'ait fait jouir ? Alors comme ça, tu répares les violons ? Ça rend habile, j'imagine tes mains qui courent sur le bois, je les sens déjà, je sens ton odeur.

Ce soir près des douves, je chercherai la sienne, quand j'étais petite, je passais à côté de lui juste pour le sentir, par-dessus celle des chevaux, un parfum d'homme, une essence dominante. Le visage sur sa poitrine, libre. Les autres me tenaient prisonnière de leur silence. Un homme qui joue avec les mots et le plaisir de s'entendre.

– Tu aimes ça, j'en suis sûr, tu respires l'amour petite luthière, je vais t'apprendre à te faire aimer, comme la lutherie, tu n'as pas appris toute seule ? Il paraît que tu es douée, l'amour c'est pareil, laisse-moi te prendre, petite fraîcheur. Tu aimes que je te tienne contre moi, tu mouilles mon ange, je sais, ta chatte toute retournée.

Mais il y avait du monde autour de nous, il murmurait à mon oreille

– S'il n'y avait personne, je prendrais les petits seins dodus que je vois poindre sous ta chemise, je te déshabillerais tout entière pour que tu sois toute nue dans mes bras.

Depuis quinze jours je ne pense plus qu'à être toute nue dans ses bras, endormie, réveillée avec cette nudité que je ne trouve pas si agréable d'habitude. Trop large d'en bas, pas assez charnue du haut, poil aux jambes. Les mots sont parvenus à cet enchantement : toute nue, dodue, blanche et ronde devant dessus dedans ce grand corps d'homme, je serais plus étroite, j'ai la place, la peau me chatouille le dos.

– Je vais te baiser, petite fraîcheur, pendant des heures, me glisser dans ta chatte et te faire jouir.

En me raccompagnant devant la porte, rien d'autre que les mots glissés, et son rire, je me serais déshabillée en pleine rue.

– Et tes lèvres, elles donnent envie qu'on les suce doucement.

Un baiser pour fondre dans lui, pas comme au cinéma, un baiser pour mourir d'envie, je ne tenais plus debout.

– À bientôt, ma fraîcheur, je te promets une nuit entière, je viendrai te chercher le jour de ton retour.

– Il faudra m'attendre près des douves.

Un grand éclat de rire.

– Tu as décidé d'en finir avec la peur du loup ?

Les mots pour le sixième ciel et s'arrêter au milieu d'une phrase pour me demander si je veux une pomme au caramel, oui, le sucre rouge colle aux dents et la pomme douce dessous, circuler dans la fête sans me tenir ni la main ni la taille, en aucun cas propriétaire et si certain pourtant de m'avoir allumée. Ce soir, près des douves, j'ai passé de l'huile sur mes jambes pour ses mains qui pourront me lisser. Depuis quinze jours, je ne mange rien pour être nue de rêve, au point de m'arrêter au milieu du couloir et d'oublier où je vais, pourquoi, ce que je fais, Julien me regardait d'un drôle d'air parfois.

Moins délirant, plus enseignant, monsieur Wormser m'a emmenée au musée de l'Homme : évolution, hasard et nécessité, ADN, chromosomes, Darwin, l'homme, l'écriture.

– L'écriture, trois mille ans avant Jésus Christ, les balbutiements de l'écriture musicale en l'an mille, quatre mille ans d'écart, qu'est-ce que ça vous inspire ?

Rien, toute nue dans les bras de l'homme qui m'appelle sa fraîcheur. Quatre mille ans à l'échelle de quinze jours de désir.

– Je commence à enregistrer vos théories ; quatre mille ans, c'est énorme pour une génération vivante qui juge à l'aune de ses propres acquisitions. Comme Julien que vous n'aimez pas beaucoup, mais personne ne peut le comprendre sans travailler avec lui. Et quatre mille ans à l'échelle cosmique, c'est du pipi de chat.

Nous sommes sortis sur la place en silence. Je ne pensais qu'à l'autre, près des douves, longue, mince, peau brune et huilée, malgré ma ronde blancheur.

VIII

Face au courant, son ombre me soupçonne, sous cette souche d'arbre tombé l'hiver avec le tronc en travers de l'eau. Même noyé d'alcool, mon père n'aurait pas laissé un arbre au beau milieu de la rivière. Elle peut m'échapper si je ne choisis pas la bonne grosseur de fil. Enfant, je l'aurais attrapée à la main, en me glissant derrière elle, profitant des vergnes pour me cacher ; l'eau froide m'aurait saisi, glaçant mes avant-bras tordus par la diffraction de l'eau, la main sous le ventre tacheté, et les doigts en crochet serrés dans les ouïes, pour la sortir ruisselante dans l'air, arc-en-ciel aux contorsions désespérées. Mais aujourd'hui, le plaisir de choisir le fil et de livrer bataille, lui laisser sa chance de ne pas mordre en un combat plus loyal, parce qu'elle ne résisterait pas à ma main sous son ventre, dépasse celui de la violence. Faire en sorte que les choses prennent la place dévolue par le temps, comme une part de tarte, le chemin de l'aiguille autour du cadran rendu précieux par ce qu'on lui consacre, la truite, au fond qui me guette, il suffit de choisir le bon fil.

– Tu crois qu'elle fait trois livres, c'est gros trois livres, du 18/100e ça ne fera pas l'affaire, du 20 ce serait mieux.

– Un bon pêcheur, il prendrait du 18.

– Évidemment.

– Le problème, c'est de savoir si elle va tirer ou pas.

L'eau s'anime des reflets qui filent à sa surface. Je ne pourrais pas pêcher dans un étang, des poissons morts comme l'eau dans laquelle ils vivent, il faudra me mettre au fond avec le poids gris et calme sur moi, et une grosse pierre de granit pour m'y tenir.

– L'autre jour, tu sais, à l'étang d'Arlet, mon cousin a remonté une carpe royale de six kilos.

– De cette eau rouge ?

– Il faut croire que les poissons ça ne les gêne pas, c'est la terre de bruyère qui rougit l'eau.

– Ta truite, même si elle est grosse, ça ne l'empêche pas d'être maligne, le gros fil, elle le verra mieux.

– Oui, mais si elle tire.

– C'est sûr, une vieille qui aurait déjà mangé quelques hameçons, elle serait avertie.

– Ce serait moi je prendrais du 20/100e, ce que je t'en dis, tu feras bien ce que tu veux, après tout.

Au bout de la route, personne d'autre que la rivière et les poissons. La mère avait les poules en plus du potager, le boulanger et l'épicier une fois la semaine, je l'ai tuée, séparée de ses murs, ses choux et ses haricots. Elle serait morte ici aussi, la jambe pourrie par le Synthol qu'elle mettait dessus. Pourrie mais heureuse, il a fallu que je vive seul pour me souvenir des orages terribles, la foudre au milieu de la cour, le tilleul secoué, que je vieillisse et qu'elle soit enterrée pour m'y retrouver. Éteintes les jérémiades, le reproche d'abandon qui passait ses vieilles lèvres aux bords ridés, tellement de blâme et de réprimande que j'ai oublié qu'un jour elle ait pu me bercer. Et pourquoi je n'étais pas resté au pays comme Dédé, regarde comme son atelier est bien tenu, et son fils qui prendra la relève, fouine, remuant les braises du bout de sa pique en fer. Dédé a fait son cercueil en chêne de la forêt de Tronçais, avec des planches épaisses de quatre centimètres, comme il fait les portes qui défient le temps, avec une croix dessus pour que Dieu ne l'oublie pas dans le cimetière sous les tours. La dégauchisseuse, la toupie, le temps de me retourner, Dédé a fini une mortaise, il ne travaille que le chêne et regrette toujours mes bois secondaires. Quand je lui ai demandé de me refaire le portail du potager, je l'avais imaginé à claire-voie, léger ; mais il n'a rien voulu entendre, il n'aurait pas fallu qu'il soit dit, je ne saurai jamais quoi, mais le portail massif pèse tellement lourd que je crains d'arracher les charnières chaque fois que je l'ouvre.

– Peut-être qu'il fait des escaliers et des cercueils mais au moins ça sert à quelque chose.

Elle rajoutait une ou deux grosses bûches qui projetaient des étincelles en tombant.

– Pas comme tes violons, dont tu ne sais même pas jouer.

Repartant biner ses patates, elle maugréait.

La maison entière résonnait de cette protestation étouffée. Cet endroit isolé du monde faisait peur à ma sœur qui n'a pas voulu de la maison, j'ai vendu les soixante hectares de terres au grand dam de Dédé qui, en bon Creusois, voyait la valeur s'envoler, mais trouver le paysan pour louer, supporter que sous mes fenêtres il soit chez lui, autant lui vendre. Ni chauffage ni sanitaire, le granit et le chêne, aux plafonds des initiales peintes entrelacées de gens oubliés, des lits à baldaquin et des édredons de plume pour lutter contre la glace qui prend à l'intérieur des vitres la nuit. Comment faisait-elle ? Le potager aux rangées impeccables, les poireaux, les haricots rames, les œillets d'Inde à côté des fèves pour chasser les pucerons et ses jambes maigres dans les draps humides de la maison sauvage.

– Mais enfin, vous ne pouvez pas y retourner toute seule ?

– Mais si, je vous dis, il n'y a qu'à m'installer un lit dans la pièce du bas, mon fils est un salaud et ma fille une ordure, ramenez-moi là-bas, je vous en supplie.

Comme dans mon enfance, je me lave à la pierre d'évier, je n'ai pas changé un seul meuble de place.

– Parce que tu crois que si je me casse la margoulette en soignant les poules, je pourrais y aller jusqu'au téléphone, enfin fais ce que tu veux, ça ne changera rien, sauf que tu viendras encore moins, c'est sûr !

Toute une vie de retours hasardeux de mon père, colères avinées, coups et chamailleries, avaient fini par lui tordre l'esprit.

La mort, aorte éclatée, du patron nous a épargné cette forme de revanche. La veille de mourir, il essayait encore de m'expliquer le désir qu'il avait du plaisir des femmes. En Creuse, les rebouteux arrêtent le sang, il aurait fallu garder assez d'attachement à cette terre pour retrouver ces pouvoirs. Mais je n'ai compris qu'après, l'aorte fissurée, puis décollée lui permettant de survivre au transport, ils auraient pu changer un bout de tuyau, ils remplacent bien le cœur entier ! Mais Wormser a dit, en me regardant avec l'air condescendant qui me fait le détester, que non, qu'il n'aurait pas pu mieux tomber et que si cette équipe-là ne l'avait pas sauvé c'est qu'on ne pouvait rien faire. L'aorte ? Sa queue aurait pu éclater dans un zigzig trop violent ou un de trop, usure ou épuisement du capital de coups possible qu'un homme puisse tirer, mais l'aorte, à moins que la blondeur eût un pouvoir maléfique et que toute une vie à chercher des blondes, à les mater, les caresser et leur donner du plaisir lui eût fissuré l'aorte. Les vieux d'ici savent les maléfices des arbres et des pierres, la sorcellerie des vivants.

Ni ici, ni à l'atelier. Rien jeté. Parfois, derrière la mort, on déménage vêtements, outils, placards ; j'ai tout gardé, sauf les statuettes auxquelles André tenait par-dessus tout. Approcher une chaise du buffet pour fouiller à la recherche de ma boîte de pêche, je ne risque pas de tomber sur des photos de mon mariage, ma mère rendait Solange responsable de mon installation à Paris : « à cause de son ambition ». Aucune Solange ne dirigeait les violons suspendus au-dessus de ma tête, loin des collines et des rivières, auprès de cet homme qui mieux qu'un père m'avait transmis son âme. Mais je savais Solange fort capable, dans un moment de rage, où j'avais émis l'idée d'apprendre la pêche à mon fils, de jeter ma boîte d'hameçons à la poubelle pour que nous partions plus vite vers un camping surpeuplé du bord de mer, où je ne pourrais même pas écouter de musique.

Aimer les femmes blondes à ce point.

– Vous savez les vraies blondes, les poils blonds en triangle comme une flamme, je ne me lasse pas du plaisir de voir ça, je suis un voyeur de poils blonds.

Qu'aurais-je pu lui dire des poils des blondes, je n'ai pas eu tant de filles, et de telle façon que, même blondes, je n'aurais pas eu le loisir de leur contempler les poils, et pas l'envie. Heureusement, nos affaires dans le métier ne réclamaient aucune réponse.

– Bonjour Dédé.

– Tiens Julien, j'croyais qu't'étais mort dans ton trou.

– Non, tu vois, j'ai été occupé avec les foins autour de la maison, le temps de retrouver comment me servir d'une faux.

– Le portail va bien ?

– On sera morts tous les deux depuis longtemps qu'il sera toujours là !

– Tu viens dire bonjour à Monique, on va boire un petit coup.

Du cours préparatoire jusqu'au certificat, Monique a partagé son goûter avec moi sur les bancs de l'école communale de Saint-Avit. Dédé, de deux ans notre aîné, nous a toujours considérés et protégés comme des petits. Boire un petit coup, elle va essuyer ses mains sur son tablier pendant que je me pencherai sur elle pour l'embrasser et elle dira : « tu pourrais prévenir, il n'y a rien dans la maison ».

– Tu vas bien rester à manger.

– Mais non, mais non, je te dérange.

– Tu sais bien que tu ne déranges jamais, mais si tu prévenais, au moins, il y aurait quelque chose à manger.

– Tu veux que je t'aide ?

Elle ouvre des grands yeux.

– Tu n'as pas changé, va me chercher à la cave, celle d'en bas, des pommes, tiens prends le saladier, tu n'aurais pas où les mettre.

Je descends l'escalier de pierre jaune, le granit du Compeix, différent de celui des trottoirs de Paris, plus chantant. J'ouvre difficilement la porte, Dédé ne les fait pas lourdes que pour moi. Les oignons et les échalotes, suspendus en bottes au plafond par des liens de raphia, sèchent au-dessus des clayettes où sont rangées les pommes. Le temps de remonter, la cuisine embaume déjà.

– Qu'est-ce que tu nous as trouvés de bon ?

– Rien, rien, des petits pigeons que Dédé m'a rapportés de la foire de Giat, mais ça ne fera pas grand-chose. Heureusement que j'avais les petits pois !

La voilà qui jette de la farine sur le marbre et étale une pâte feuilletée, puis elle coupe en fines lamelles les quartiers de pomme en dessinant une rosace régulière, elle me regarde avec un demi-sourire.

– Je me dis toujours que tu viendras peut-être.

Les puristes hurlent au crime quand on les pêche au ver, élégance de la pêche à la mouche, tout seul au bord de ma rivière à guetter cette grosse truite qui jamais ne me regardera de haut ou par en dessous, va-t-elle mordre à ce ver ? Je t'ai vue l'autre jour, ces racines d'arbre te seyent, j'aimerais vivre à l'abri des regards, des paroles vives, terré, le nez à contre-courant, les nageoires remuant assez pour me maintenir.

Je mangeais ma soupe en l'obligeant à répéter deux fois, le meilleur moyen restait de ne pas l'écouter, malentendu de départ, elle a cru que j'appartenais à une aristocratie et elle s'est aperçue que le gamin mal brossé qu'elle avait toujours connu l'avait trompé sur les apparences et l'avait épousée, elle m'a détesté comme on déteste un camarade de classe qui vous a chapardé un crayon auquel on tenait. J'ai eu raison de virer son fils, le matin où je les ai surpris en pleine conspiration tous les trois. Comme s'il ne s'était pas assez moqué de moi avec ces examens qu'il n'a jamais passés. La conversation qui cesse quand vous entrez dans la pièce. Est-ce que par hasard ça vous dérange pas que je sois là ! En train de magouiller je ne sais trop quoi ! Parano ! Moi ! Parano, dans MON atelier. La rage me fait parler tout seul, je vais finir par effrayer la truite. Et quand je lui ai demandé s'il se payait ma tête, alors qu'il aurait dû fléchir, il me dit OUI ! Il ramasse le rabot que le patron lui avait offert pour ses douze ans et il part ! Son fils, comme elle, à la porte de ma vie. Et le Jean-Marc avec son air niais, si je ne vois pas qu'il est atteint par l'épidémie, il se trompe.

– Il faut bien que je me fasse aux relations avec les clients si je veux me mettre à mon compte. Vous ne me garderez pas toute la vie.

Valérie a pris de l'envergure, elle vient me demander conseil, je ne les entends plus jamais bavarder ni rigoler en travaillant tous les deux, tout juste s'ils se disent bonjour, ça me dérange moins que leur complicité. Jean-Marc a mis six mois pour rejoindre son oncle à Orléans. Tellement gâté toutes ces années à l'atelier, ne se soucier de rien, ni chercher le client, ni se faire payer, voir tomber son salaire à la fin du mois, aucune gratitude.

Il faudrait un bon orage, l'eau boueuse, elle mordrait mieux. Allègre, l'autre jour, qui voulait que je lui prête Valérie. Prêter Valérie ! Ma fille, si je n'ai plus son sourire, il me restera quoi ? Jamais elle ne me trompera, elle me doit tout, habile avec les clients, naturelle.

Le fil trop gros, elle l'a vu, les truites, moins grave que la vie, virer mon propre fils et guetter l'insolence d'une petite à qui j'ai appris toutes les ficelles du métier. Inutile de lui montrer deux fois, la mémoire des gestes, elle m'en vole certains malgré la finesse de ses mains. Parfois, dans ses déplacements, elle me rappelle le patron, femelle pourtant des pieds à la tête, mais, des façons qui l'évoquent comme si elle était sa fille, il n'aurait pas rêvé d'une si fine blondeur, sa descendance ignorée, issue d'une des nombreuses passantes de sa vie. Cette ressemblance étrange, une défaillance, face à l'injustice devant cette aisance innée qu'elle possède comme lui. Elle s'est imprégnée de ce qu'il y avait de lui dans l'atelier. Il ne faudrait pas, si elle devient aussi brillante que lui, que je me laisse envahir. Me méfier. Comme la truite du ver, la coquine l'a mangé sans que je ne sente rien, si je ne pensais pas à autre chose.

IX

– Annick
– Oui monsieur.
– C'est vous qui avez pris le rendez-vous de dix heures ?
– Oui monsieur. Il me semble que c'était une femme avec un fort accent étranger, il y a au moins... je dirais quinze jours, je ne savais pas encore la date exacte de votre départ pour le Japon, j'étais ennuyée pour lui fixer un rendez-vous, apparemment ils venaient de loin.
– Une femme, vous dites ?
– Oui.
– Une voix jeune ?
– Une voix normale, j'ai cru comprendre qu'elle ne viendrait pas elle-même, elle faisait l'intermédiaire pour le rendez-vous.

Le vieux luthier sourit intérieurement du changement de ton d'Annick pour répondre de la jeunesse possible et se prit à imaginer une Suédoise ou Danoise, vraie blonde dont il raffolait, avec un pubis soyeux et clair qu'il puisse deviner à travers le tissu de la jupe serrée pendant que le mari lui montrerait le violon. Il pouvait se consoler de la médiocrité d'un violon à condition de cuisses fuselées comme ont les femmes un peu trop grandes, en liane enroulées infiniment de longueur et de finesse en haut desquelles une touffe : transparence à travers laquelle on voit la fente et les lèvres, pas de ces fourrures serrées et brunes qui cachent tout.

– Monsieur ?

– Oui.

– Je vois que vous avez mis une flèche pour Julien...

– Et alors ?

– Vous savez bien... monsieur Wormser et lui...

– Ça leur fera les pieds, Julien n'est pas capable d'aligner trois mots et l'autre est un phraseur qui vient ici pour s'écouter parler, j'ai autre chose à faire ce matin, ils se débrouilleront bien tous les deux.

– Mais...

– Il n'y a pas de mais, Annick, c'est moi qui décide, c'est tout.

Il lui fallut fermer les yeux un instant pour retrouver la superposition des muscles en haut de laquelle la femme sentirait son attention déviée du violon. Donc elle dévoilerait le haut de ses cuisses gainées de longs bas brillants, laissant apercevoir la couleur pâle de la peau. Les pupilles sur le violon et un tel désir de jambes qu'elle les décroiserait doucement, jusque-là enlacées, la force de son envie ordonnant le bruit soyeux des bas qui frottent l'un sur l'autre et soupçonner alors les poils en haut. Elle aurait su sa convoitise, l'aurait pressentie, les femmes accompagnent leur mari et elles ne mettent rien d'autre que les bas, la limite entre la peau et la soie où la chair surplombe un peu le tissu qui la serre, elle écarterait doucement les cuisses pour qu'il se délecte d'apercevoir : rose au milieu des poils blonds, son secret voilé. Sans peine les doigts du luthier caressant le bois lui transmettraient l'ardeur, la tendresse courant sur l'intérieur de ses cuisses, s'arrêtant comme sur le violon, à la limite du bas, elle avancerait les fesses pour que la main puisse remonter plus haut et sentir le délice de moiteur dans la fourrure vaporeuse, avec sa paume sur l'instrument il la ferait jouir, la laissant imaginer qu'il puisse la caresser comme il caressait l'épicéa, sans la toucher, juste la regarder haleter d'un plaisir imaginaire, jouir enfin.

– Bonjour monsieur

– Bonjour Julien

– Vous voulez vraiment que...

– Bon Dieu, Julien ! Si je me suis donné la peine de l'écrire noir sur blanc, c'est que je veux vraiment.

– Bien monsieur.

Il avait réussi à le faire débander ! Elle pouvait avoir besoin d'air tout à coup, se sentir défaillir et bien sûr madame je vous montre le chemin, dans le couloir la pousser légèrement en s'appuyant sur ses fesses pour la confirmer, si toutefois le doute, et l'entendre respirer plus court jusqu'au bas de l'escalier, l'effleurait encore, la coller de tout son corps contre le mur et glisser une main sous sa jupe, dans les poils coulisser d'envie, prendre appui pour que sa main puisse jouer et ne pas laisser à la femme le temps d'autre chose que de jouir de ses doigts insinués, vite, pas plus de temps que celui qui aurait été nécessaire pour l'accompagner puis la laisser, chancelante, blonde et étrangère, se remettre en bas de l'escalier. Rejoindre le mari pour lui expliquer que la facture assez vulgaire se voit dans les imperfections du filet pendant que les cheveux démis, la jupe redescendue, les joues roses, intriguée par l'homme, revenue, absente, ne plus la regarder, faire comme si rien, rien du tout, arriver à la faire douter, ne plus effleurer son regard, uniquement le violon, le ton professionnel. Mais non, vous ne m'avez pas dérangé, votre violon date bien du XIXe siècle mais il est banal, il se fabriquait beaucoup d'instruments à l'époque, ce qui fait l'originalité du vôtre c'est d'avoir survécu, il faut le considérer comme un héritage affectif. Pour les honoraires ? Vous voyez avec ma secrétaire.

Et la retrouver le soir même au bas de l'escalier, les mains derrière le dos appuyées, revenue pour avoir le reste car le mystère d'un homme qui donne du plaisir et n'en prend pas les fait toujours revenir. Alors, en m'avançant, mesurer le temps de chaque pas, faire naître l'envie des gestes attendus et cette fois ma paume sous la laine, jusqu'au sein, le mamelon, convoitise frissonnante, roulé entre mon pouce et mon index et l'autre main à plat sur ses fesses pour la presser contre moi. Puis la faire monter l'étage devant moi, une puis l'autre fesse, déhanchement sublime de son arrière-train, me glisser entre les deux tout à l'heure. Les ascenseurs pour les frotter, les escaliers pour les contempler : fesses ondulantes sous une robe ou serrées dans un jean. Ce soir, la blonde Suédoise, éperdue de volupté, monterait marche après marche dans une longue jupe noire d'un tissu lourd et mou, crêpe dansant au rythme de ses pas, il contemplerait son postérieur basculant et nu. Le rêve le mettait en état de consommer n'importe quelle femme aurait pénétré dans son atelier à ce moment.

– Dring !

Du même geste que le matin avant de partir de chez lui, il vérifia la bonne place des aiguilles sur le cadran, avança son bras pour dégager le poignet de la chemise, et le replia devant lui pour amener la montre dans son champ visuel. Dix heures moins dix. En avance, des anxieux. Une de plus, *ma in Spania son gia mille tre*, depuis trop longtemps je n'ai pas inscrit de nouvelle, *il catalogo è questo*, je vieillis, blonde aux poils clairs, séduite en la caressant des yeux, la vision du dessous des poils me fait bander. Une vraie blonde, une vraie blonde, une vraie blonde.

Le luthier se leva lentement, perdu encore dans la force du rêve et il pénétra dans le bureau où venaient d'entrer les clients.

– Monsieur Kargermann je suppose ?

– Perlman, Perlman.

– Vous êtes apparenté à...

– Oui, un cousin ; d'ailleurs, c'est lui qui...

– Ma secrétaire aura mal compris votre nom, je suis désolé.

– Mon épouse a pris le rendez-vous, elle a toujours vécu en Israël, elle prononce difficilement le français.

L'homme semblait jeune encore, malgré la calvitie prononcée qu'il masquait en rabattant une mèche sur son front, et son épouse, brune séfarade à la chevelure immense de gorgone crépue, arborait des yeux noirs d'encre ! Pendant qu'il leur offrait de s'asseoir en riant de lui-même, Annick, gênée de son erreur s'était discrètement éclipsée. À peine assis, ils expliquèrent dans un français très approximatif leur venue d'Israël pour faire expertiser ce violon probablement acheté en France juste avant la guerre de 1870 par un arrière-grand-père à elle pour son arrière-grand-mère, artiste reconnue. Le violon, resté au Maroc où vivait sa famille, lui était échu au hasard d'un héritage à cause du lien de parenté de son mari avec Isaac et malgré le fait qu'aucun des deux ne joue de violon. Leur élocution ne rendait pas la compréhension facile, ils truffaient les phrases d'anglais chaque fois que le mot français ne leur venait pas assez vite, mais le vieux luthier les encourageant du geste, le jargon se mêlait d'hébreu. Un de leurs amis violoniste au Philharmonique d'Israël, parce qu'ils n'ont pas osé déranger tout d'abord leur cousin, a essayé le violon et leur a conseillé de le faire expertiser. Ils veulent savoir ce que vaut l'instrument, s'il faut le vendre et à qui ? Leur cousin a dit de venir le voir à cause de sa réputation de grand spécialiste.

Le luthier fit sans peine une moue de modestie qu'il s'adressait autant à lui-même pour s'être égaré qu'aux deux clients suspendus à l'ouverture de la boîte. Il constata que le bois de celle-ci pouvait bien correspondre à l'époque, et le mari dégarni de la femme pruneau ouvrit le couvercle.

Au premier regard, il sut. Les connections innombrables entre les cônes et les bâtonnets de sa rétine et soixante-treize ans de vie consacrée au violon se firent à la vitesse de la lumière. Le rapport entre la couleur, les lignes, les détails, un millième de seconde pour qu'il se doute de la nature, de l'origine du violon, un éclair pour concevoir les vérifications, un instant de jouissance totale et le cerveau immédiatement allumé. Survolté, tous les sens en éveil, et plus aucun geste de délégation, plus rien de soumis à l'habitude. Il songea qu'il fallait vérifier la présomption pour se protéger de toute déception, au bout de tout ce temps il semblait plausible de pouvoir encore se tromper en croyant à l'exception. Le couple contemplait le visage du luthier, saisissant ce que l'instrument n'avait pas su leur raconter. Il scrutait les moindres nervures, l'assemblage des pièces familier, volute, manche, clefs, les bois, les formes délicieusement compliquées, chacune examinée dans son âme.

– Vous permettez ?

L'homme et la femme furent surpris qu'il demande la permission de toucher et ne comprirent pas que la demande s'adressait à l'instrument. Le violon autorisait-il de dévoiler comment un riche Juif marocain était venu pour l'acheter en vue de l'offrir à sa talentueuse épouse, à Paris, non loin d'ici, vers 1870.

Tout en blanc avec son fez rouge, son épousée juive française sûrement seule dans les murs couleur de terre, Delacroix venu dîner chez eux ou chez les voisins, le cœur du vieil homme battait la chamade, ses joues s'étaient colorées, il fixait le violon n'osant pas encore mettre un terme à son espoir.

Puis il prit l'instrument délicatement, le sortit de son étui, remarqua que le violoniste à Jérusalem avait changé les cordes, mais que pour le reste le sirocco avait assuré une conservation parfaite. Les clefs d'origine, il reconnut leur façon, celle du cordier également. Il le tenait par le manche et le fit tourner en silence, enfin il le reposa dans son velours mité.

– Ce n'est pas l'archet qui était dans la boîte ?

– Non, mais il était trop abîmé pour pouvoir s'en servir.

– Vous l'avez conservé ?

– Il est resté en Israël. Pourquoi ? L'archet a de la valeur ?

– Si l'archet vient du même endroit que le violon, il a de la valeur.

– Ça enlève de la valeur au violon si l'archet n'est pas avec ?

– Non, mais par curiosité pure, j'aurais aimé voir l'archet.

Ils échangèrent quelques phrases en hébreu qui montraient leur désaccord.

– Mon mari pensait que vous auriez besoin de jouer, c'est pourquoi nous avons pris l'archet neuf.

– Je n'ai pas besoin d'en jouer pour savoir que le violon est ancien, de la meilleure facture de l'époque, fabriqué par Vuillaume, c'est une pièce assez rare car c'est un vuillaume dernière époque, votre arrière-grand-père a dû l'acheter en 1872, cela correspondrait mieux. Ne vous étonnez pas que votre ami violoniste l'ait trouvé exceptionnel, il l'est. À la fin de sa carrière, Vuillaume était parvenu à une maîtrise parfaite de l'imitation des stradivarius.

– C'est une imitation d'un stradivarius ?

– Bien plus qu'une imitation. Au début, il faut bien imiter, Stradivarius lui-même a commencé par imiter Amati. Je ne suis pas digne de jouer de cet instrument, il faut du talent et du métier. De plus, il est en parfait état mais il mériterait une petite révision, vérifier que tout soit en ordre avant de le confier ou de le vendre à un grand violoniste.

Il y eut un silence dans le bureau.

– Vous m'avez fait un grand plaisir en m'apportant de si loin cet instrument, ce n'est pas tous les jours, c'est un grand bonheur, et je vous en remercie infiniment.

Ils n'avaient pas connaissance de qui était Vuillaume, ni que ses violons aient pu surpasser certains stradivarius, ni qu'ils puissent se révéler si précieux, ils savaient qu'il avait été fabriqué plus tard que les stradivarius et s'étaient imaginé qu'il aurait une valeur liée à la sonorité.

– Vous pensez qu'il vaut plus cher qu'un stradivarius ?

Le luthier sourit finement pour ne pas les atteindre, leur naïveté l'amusait.

– Je ne puis vous dire ce que vaut ce violon, je ne le sais pas, il vaudra le prix que vous le vendrez, qu'on vous l'achètera, c'est la loi de notre société. Moi je vous affirme que c'est un vuillaume, je vous le certifie dans un rapport d'expertise qui vous permettra de le mettre en vente aux enchères avec la certitude de ce qu'il est, pas de ce que vous le vendrez, c'est impossible d'estimer un tel objet, tout dépendra de la demande du moment. Pour un luthier comme moi le prix de ce travail et du temps qui l'a conservé est inestimable. Pour un artiste c'est autre chose encore, c'est le prix d'interprétations plus parfaites, les artistes sont toujours à la recherche d'instruments anciens, je peux vous en amener vingt ici qui sont prêts à vous acheter cet instrument demain, mais le prix est une autre affaire. Tout le problème est de savoir ce que vous voulez. S'il est mis aux enchères, il sera vendu très cher à un collectionneur qui probablement n'en jouera jamais, les prix des ventes sont beaucoup trop élevés pour qu'un artiste puisse imaginer se mettre sur les rangs. En revanche, si vous souhaitez que l'instrument soit joué, par un grand violoniste, il faut les contacter un par un et leur demander s'ils sont intéressés, ensuite c'est à vous de choisir, le plus offrant, en argent ou en émotion, à vous de décider. Vous aurez moins d'argent, beaucoup moins, dix fois, vingt fois moins que dans une vente aux enchères, mais vous aurez la satisfaction d'écouter votre violon en disque ou en concert et de vous dire que vous êtes pour quelque chose dans la sonorité totalement éphémère, la conjugaison unique de l'interprète qui tire le fond de lui-même et de l'instrument en prolongement de lui, c'est difficile de vous expliquer toutes ses nuances.

– Mais combien pouvons-nous espérer le vendre à un musicien, par exemple ?

– Je ne peux pas répondre à cette question, il se vend un violon de ce type tous les dix ans, je ne sais pas aujourd'hui ce que vous pouvez en attendre, la fourchette de prix que je vais vous donner va vous paraître ridicule, elle s'étend du simple à deux ou trois fois le prix.

– Mais vous pouvez nous dire tout de même en dessous de quel prix il ne faut pas le vendre, en dessous de quel prix vous ne le vendriez pas, vous.

– Moi ? Si j'avais un vuillaume à moi ? Je le prêterais. Mais je suis un vieux fou. Puis-je vous demander une faveur ? Combien de temps restez-vous à Paris ?

– Trois semaines encore, nous en profitons pour voir la famille.

– Me laisseriez-vous le violon d'ici à votre départ ? Je voudrais le réviser. Pour le plaisir, je ne vous demanderai rien.

Au moment où l'idée lui vint de garder l'instrument, il sut qu'il s'en occuperait en rentrant du Japon, et aussi qu'il n'en dirait rien à Julien, qu'il ne partagerait pas le plaisir. Il désirait s'en repaître avant de le lui montrer. Il fit venir Annick en lui faisant signe qu'il n'y avait pas d'honoraires à encaisser, il ferma la boîte avec précaution et la serra sous son bras gauche, il leur tendit la main en souriant, et avec un pétillement subtil, il dit à Annick :

– C'est un petit violon de rien, je le réviserai à mon retour du Japon.

X

Le croissant tombé dans la tasse renversée sur le zinc, une main accrochée au rebord du bar pendant qu'il glisse : infarctus. Ou une voiture qui l'écrase. Si je l'avais aimé un jour et qu'il soit à ce point devenu méfiant, je comprends les assassines. Trop vache de le faire mourir mais juste partir en voyage, au Japon, enfin, supposer le Japon ici, c'est inviter la camarde à déjeuner. En arrivant vers sept heures, je m'offre une tranquillité, j'oublie le tas imprononçable de fureur rentrée. Pourtant, dans sa défiance, il compte sur moi comme si je lui appartenais, du béton qu'il aurait mélangé de ses propres mains. Les vacances l'ont assagi pendant un mois, depuis les plombs ont sauté, Annick prétend que ça s'arrangera, qu'il a toujours été comme ça. Aujourd'hui, la tête des plus mauvais jours, garçon boucher, laid, où donc ai-je pu lui trouver, gros petit et carré, ce charme qui m'a séduite ? Le même visage, respire par le même nez, prononce par la même bouche et ne se ressemble en rien. Il suffit pourtant d'un demi-sourire, mélange de timidité et de chaleur mesurée du Julien de mon arrivée pour que je le retrouve.

Le crabe au ventre, guetté, une petite pointe à droite, ne voulait pas venir : je me suis crue enceinte ! Bravo ! Le sang, la corvée du jour, les douleurs, je les suppliais de pointer leur nez. Ou aller me faire avorter en douce toute seule, sanglotant sur mon embryon perdu. Peut-être qu'il a honte pour dix ans d'écart mais son fils pousse dans mon ventre. Pas dans le contrat. Ou le garder pour moi toute seule, sortir de l'hôpital comme dans *le Kid*, déposer l'enfant dans une grosse Mercedes volée par deux malfrats qui fourguent le môme dans une poubelle à Sarcelles, heureusement Charlot les pieds en dehors le recueille et l'élève. Ouf ! On peut tout faire comme conneries dans la vie, tout, mais un mouflet avec un gars qui dit : au revoir ma fraîcheur, je t'épouserai quand tu seras grande. Non. Heureusement je n'attendais pas d'enfant de lui : la malheureuse, l'enfant, Charlot, les images d'une bande de film diluées dans le sang qui coule, jamais guetté avec tant d'impatience.

Réveil de cauchemar la première fois : du sang dans le lit, sur mes jambes, j'ai craint quelque chose de grave, un crime, les copines ne m'avaient pas raconté les détails, en me regardant, je me suis vite aperçue d'où venait le flux, comment se douter d'une galère pareille ? Après m'être lavée, avoir mis les draps au sale je suis allée chez la voisine. J'ai pris le ton un peu voilé, le regard en dessous et je lui ai dit : je pense que c'est arrivé. Elle a compris, et m'a donné un paquet de serviettes.

– Ta mère ne t'avait pas parlé ?

– Non.

Ma mère ? Les draps ensanglantés, aucune question.

Fidèle j'ai ouvert *le Petit Robert* :

Règle : instrument qui sert à tracer des lignes droites. Merci. *Prescription de l'ordre de la pensée ou de l'action.* Merci. *N.f.pl. écoulement sanguin de la menstruation.* Changer de tome. *Menstruation n.f. phénomène physiologique caractérisé par un écoulement sanguin périodique survenant de la puberté à la ménopause chez la femme bien portante. La menstruation correspond à l'élimination de la muqueuse utérine préparée en vue d'assurer la nidation de l'œuf fécondé. L'écoulement fait de sang, d'eau, de débris d'endomètre dure normalement de trois à cinq jours.*

Pourquoi tous ces mystères ? Ma mère ? Femme bien portante, où est la honte ? Même pas du sang, c'est écrit : de la muqueuse. Le sang propre qui n'est pas du sang n'allait pas me paralyser. Le nombre de mots : trucs, ragnagnas, affaires, machines pour ne pas employer le terme exact. Sophie ne vient pas aujourd'hui ? Avec un rien de gêne nous lui trouvions des obligations en pensant que s'il calculait correctement, il s'apercevrait vite que Sophie ou Guylaine s'absentaient environ tous les mois. Pas encore dans les grandes, je me disais : il faudrait ne jamais les avoir pour ne jamais manquer le cheval. À cette époque, les grandes, celles qui les avaient, rêvaient jour et nuit de celui qui les bras autour de moi, et son souffle dans mon cou :

– Ça va ma fraîcheur ?

– Je pensais que tu m'aurais oubliée.

– Oubliée ! Tu es folle, je t'ai à peine goûtée, comment veux-tu que j'oublie de te dévorer, je suis le grand méchant loup qui va te manger de la tête aux pieds, tu m'entends, ma petite luthière ? J'espère bien que tu ne pensais qu'à moi tout ce temps, nous avons la nuit devant nous, te rends-tu compte ?

Tendue comme une corde de violon, attends, ma fraîcheur, attends, maintenant que je sais comment te faire jouir, je vais prendre tout mon temps, tes fesses toutes rondes me font bander, j'ai envie de les sentir s'asseoir sur moi, et de remplir ta chatte, parle-moi, dis-moi quand tu sens monter, je veux te regarder jouir, viens contre moi, j'aime ton odeur, le printemps de la vie.

Avant l'aube des journées d'août, je revenais par les douves et me glissais jusqu'à mon lit de petite fille, grandie de tous les mots susurrés à mon oreille.

Julien comme une rage de dents, assombri par je ne sais quelle forêt profonde de sapins de sa Creuse, insondable. La sonnerie du téléphone dans le bureau d'Annick, redoutée. Le corsage tendu sur la poitrine dans l'ouverture de la porte : « Valérie, c'est pour vous ». Un client qu'il m'a confié, dont il ne veut pas s'occuper, Wormser, mais il me soupçonne de voir Philippe, comme si Philippe allait choisir de m'appeler à l'atelier pendant qu'il travaille. Je parle fort.

– Oui bien sûr, ce sera prêt la semaine prochaine, non, non, c'est Julien qui fera le vernis, comme d'habitude, ne vous inquiétez pas. Je reviens dans l'atelier, heureusement qu'il ne me tient pas dans sa gueule, il serre tellement les mâchoires, je serais hachée menue.

– Valérie, venez voir. Voyez comme est fait le filet de ce guarnerius, la façon est différente, observez comment le fil en bois teint est mis, vous comprenez, et ses filets sont toujours comme ça, vous les reconnaîtrez toujours, vous avez vu ?

Si vous saviez comme j'aime que vous me parliez ainsi, que vous m'aimiez un peu au lieu de vous méfier tant, mais je reste muette.

– Qu'est-ce qui te prend de retourner aux écuries ? Je croyais que ça ne t'intéressait plus depuis ce cheval fou qui t'avait embarquée dans la forêt, il ne doit plus y avoir grand monde que tu connais après toutes ces années.

Un seul maman, un homme que je n'aurais pas rêvé de conquérir, dont je ne vais pas te parler, toi qui ne m'as jamais rien dit. Les caresses de cet homme, ce corps de cuisses et de torse, de queue, de couilles et de paroles. Ne crains rien, ce n'est pas le premier, c'est le seul à m'offrir ÇA mais je le tairai. J'ai cru que tu n'en avais pas, le dictionnaire disait : les femmes en bonne santé. Tu les avais tous les mois, il aurait suffi que nous soyons deux. Et j'aurais pu alors me confier : ÇA, je connaissais sans avoir fait le lien, plus fort, plus loin, plus long, que doucement mes caresses dans mon lit et me dire que je ne le ferai plus jusqu'à mon anniversaire, ÇA qu'il fallait chercher, il m'a caressée à en mourir, jouir, j'ai enfin compris, et lui dedans, la fusée allumée, des nuits entières, m'endormir à l'abri de ce grand corps, masse d'homme assoupie un peu trop grande pour moi.

– Julien.

– Mmm...

– Le téléphone, c'est Charpentier, je suis désolée mais il insiste.

Julien se lève lourdement, sa voix est audible sans que je puisse discerner le sens des paroles. Il ne faut pas écouter aux portes, ni lire le courrier qui ne vous est pas adressé, ni se masturber toute seule dans son lit, mais j'aimerais bien savoir qui est ce Charpentier qui essaie de le joindre depuis un mois. Dommage qu'il ne se mette pas en colère, on entendrait tout, au point que je me suis demandé si ses gueulantes n'étaient pas faites exprès pour nous tenir au courant.

Julien ouvre la porte dans un ailleurs pensif, soudain pour moi une connivence, soudain sorti de son bloc de Plexiglas. Une seconde par jour me suffirait pour arrêter de penser à fiche le camp, une autre aventure, un luthier qui travaillerait moins bien et qui me parlerait de la pluie et du beau temps, qui ne me ferait pas subir cette tension. Pas mûre encore pour le départ.

L'autre près de ses chevaux, sans m'avoir interrogée sur mes violons, aura senti mon indécision et cru que je voulais rester : les chevaux et lui pour la vie, à en crever, autre chose à faire que de l'épouser, il n'a pas besoin de s'en faire, je ne jouerai plus dans sa cour. Et si je n'en trouvais pas d'autre qui me rende glace à la vanille, fondante, mouillée, glissante, jouisseuse et pas honteuse, tant pis.

Il suffit pour lui faire plaisir, la musique arrêtée, de choisir le quatuor Talitch ; il a une passion pour eux ; je reconnais les gribouillis, le onzième et le quinzième, il préfère le quinzième, j'enroule la bande, une attention. Quand nous avons discuté des *quatuors* de Beethoven, son sourcil gauche s'est relevé, comme si c'était impossible que je les découvre ; cette musique avait pour lui une existence tellement forte, une présence permanente dans son cerveau qu'il lui semblait improbable que j'aie pu vivre en leur absence : j'aurais dû naître avec. Wormser m'a conseillé de l'emmener au restaurant : il ne faut pas chercher à comprendre, il faut juste mettre fin au conflit, il n'y a pas d'explication, vous n'avez à vous justifier de rien, il connaît votre fidélité. Quand le vieux sentait la mayonnaise en train de tourner, il lui parlait de l'accompagner à la pêche dans sa rivière en Creuse, je crois bien qu'ils n'y sont jamais allés et vous n'irez peut-être pas au restaurant, il suffit de l'idée.

– Julien.

– Je ne vais pas avoir la paix aujourd'hui !

– Je suis désolée, c'est le commissaire pour les Israéliens.

Christophe s'est levé pour changer la cassette, reflet de moi il y a cinq ans, il décrypte, ne sait pas la différence entre ce qui est enregistré pour le principe et le fondamental : ce *Yankee Doodle* joué par Isaac Perlman ou le concerto pour violon et orchestre de Tchaïkovski que Julien considère, même joué par Jascha Heifetz, comme de la très mauvaise musique, inutile de discuter. *Triple Concerto*, sur cette cassette à la suite, la *Sonate à la Tempête*.

Un commissaire, des Israéliens, interrogée par la police. Deux flics en civil, grands imperméables croisés : Mademoiselle, vous souvenez-vous si Julien est descendu de son studio le mardi 25 septembre au matin ? Oui, je peux l'affirmer. Pourquoi ? Il s'est passé quelque chose de particulier ce jour-là ? Non, justement, voilà cinq ans, six mois et huit jours que je travaille dans son atelier, il ne s'est pas passé un jour, un seul, sans que Julien ne descende de son studio entre huit heures trente et huit heures trente cinq. Les policiers déferaient les menottes et Julien se frotterait douloureusement les poignets en m'adressant un rictus de reconnaissance.

Voilà ma sonate, j'avais tort de ne pas y prêter plus d'attention, maintenant que j'écoute la musique comme Wormser m'a appris à regarder la peinture, vingt fois s'il le faut, la *Sonate à la Tempête*.

– Qui a mis cette sonate ?

– C'est moi monsieur.

– Valérie, vous voulez bien venir dans le bureau.

La sonate ! Pour une fois qu'on n'écoutait pas des cordes, je vais me faire sermonner, ce n'est pas comme ça que je vous ai formé l'oreille, et comment voulez-vous que les jeunes, et c'est votre responsabilité...

– Valérie, vous vous souvenez de ce violon que vous aviez trouvé en rangeant l'atelier, une très vieille boîte, faites un effort, s'il le faut on retournera l'atelier mais si vous arriviez à vous rappeler où il se trouve, ça me simplifierait la vie.

– Je sais très bien où il est, dans le couloir, sur la dernière étagère au bout, il faut l'escabeau pour le récupérer, c'est ce fameux violon qui a été déposé à votre patron le jour de sa mort.

– Comment savez-vous ça ?

– Vous avez dû me le dire, et aussi qu'il n'avait aucun intérêt et que d'ailleurs personne n'était venu le réclamer. Vous en avez besoin ?

– Je ne sais pas, Valérie, je ne sais plus, du moment que je sais où il se trouve, je déciderai ensuite s'il faut ouvrir cette boîte quinze ans plus tard ou la laisser fermée.

Toqué, je peux le lui donner tout de suite, je ne vois pas ce que ça change d'ouvrir cette boîte, je l'ai ouverte il y a cinq ans, le velours est mité, du violon je ne garde aucun souvenir, je me suis trouvée nez à nez avec une figurine en ébène dont j'ai eu peur, un fantôme. Le vieux ne pouvait pas se tromper, il a dit que le violon ne valait rien, il n'a pas pris d'honoraires, quelques heures plus tard il est mort d'un coup. Et puis on ne laisse pas un stradivarius à l'abandon. Julien a décidément un grain : comme si rien, la minute précédente, ne nous séparait : Valérie vous vous souvenez ? Drôlement, je me souviens, de sa fureur, il avait dû enterrer dans un coin de sa mémoire cette survivance du vieux que maladroitement j'ai exhumé, remué la poussière et les sentiments. J'ai vu son visage pour la première fois devenir carré.

– Où avez-vous trouvé ça ?

– Dans le haut des étagères.

– Qui vous a demandé de fouiller là-haut ?

Jean-Marc avait volé à mon secours : son asthme, la poussière, cette boîte qu'il avait toujours connue là et dont il pensait qu'elle était vide, c'était lui qui m'avait demandé de la ranger.

Ce violon ne vaut rien, d'ailleurs Julien en est persuadé, depuis quinze ans, il n'a jamais ouvert la boîte. Quel doute le vrille pour transgresser le mythe patronal indestructible ?

Dans le petit atelier, il m'a un jour parlé de la mort du Patron, sans suppositions ni fioritures. Sa mort l'avait atteint d'une blessure personnelle, le Patron n'aurait pas dû lui faire un coup pareil, il n'avait pas le droit. Il le croyait immortel, soixante-treize ans lui donnaient bien le droit à cette mort rapide et sans douleur. Mais Julien ne l'a jamais digérée.

– J'ai eu besoin de le voir mort pour y croire, je vous jure Valérie que j'ai cru, dans cette salle de réveil où il était couché entre deux paravents, voir un de ces clins d'œil dont il avait le secret. J'ai failli l'étreindre à bras le corps et lui dire : je préfère, tout ça était une mauvaise plaisanterie. Parfois, je rêve qu'il est là, d'un coup je me rassure et je lui dis, ah bon, je me doutais bien que vous étiez vivant, que ça n'avait pas pu arriver. Mais j'ai vu ses mains et j'ai compris, vous ne pouvez pas savoir, ses doigts déformés par l'arthrose présentaient une déformation particulière : la dernière phalange était crochue. Quand j'ai vu ses mains croisées sagement au-dessus du drap, indemnes, les doigts reposant à plat, vous ne pouvez pas comprendre, ces mains-là ne lui appartenaient pas, elles étaient mortes, il n'avait pas pu me faire un clin d'œil, il était mort. Je ne devrais pas vous raconter, ce sont des choses que l'on fait, on a dû vous dire qu'il aimait passionnément les blondes, oui, je ne sais pas si je saurais vous expliquer, ce qu'il aimait chez les blondes c'est que ce soient de vraies blondes, entières, rien qu'il détestait plus qu'une fausse blonde qu'il découvrait brune, il aimait... vous comprenez ? Sa régulière du moment, à la mise en bière, lui a glissé dans la main droite cette chose d'elle qu'il adorait particulièrement. Elle avait pris des ciseaux et coupé de quoi. Il me revenait de lui confier quelque chose de l'atelier pour qu'il s'en aille avec, dans l'autre main, ce qu'il aimait le mieux au monde, à droite ces poils de femme blonde et à gauche un morceau d'épicéa. J'ai fouillé mes poches machinalement, persuadé par avance du vide, dans mon pantalon pourtant, j'ai trouvé une âme et je la lui ai mise dans la main gauche, j'ai serré fort les doigts désormais droits pour qu'il ne la perde pas en route. Vous me direz, si ce qu'il croyait est arrivé, c'est-à-dire rien, rien d'autre que la terre et les vers, qu'il ait eu dans la main ou pas l'âme d'un violon, peu importe.

Une seule fois, les timides ne disent rien jusqu'au jour où on ne les arrête plus, plus jamais. La mise en bière, la disparition, ce que lui pensait de l'après, différent du vieux ? Le plus étonnant : la rancune profonde qu'il lui gardait pour être mort sans lui avoir demandé son avis.

Traîner aux Galeries Lafayette pendant l'heure du déjeuner, rez-de-chaussée, rayon parfums, ôter ma venote et la plier soigneusement, les étalages laqués noirs, il suffit de descendre la rue.

– À demain Annick.

Elle ne travaille pas le mercredi après-midi, je marche comme s'il me regardait, les flaques du dernier nuage renversé reflètent le ciel froissé et mes jambes avancent toutes seules. Une crêpe au sucre chaude et molle, les grains cristallisés crissent sous les dents. La crudité de son langage me laissait confuse et ces mots pourtant me manquent. Les vendeuses fardées, la peau, les cils, les ongles, ornées d'un apprêt distingué qui les éloigne : femmes fabriquées de fond de teint, poudre et rouge aux lèvres, dans un monde pour lequel je n'ai pas de ticket d'entrée. Debout devant Givenchy, Rochas, je n'ose pas, je baguenaude, personne ne me demande jamais rien, je peux regarder comme une petite fille qui essaierait les maquillages de sa mère, laquelle n'en a jamais eus, aucun, ni rouge ni noir, rien, ni parfum, savon de Marseille et la peau des joues marquée par le froid et l'âge. La lumière en dégradés roses des vernis à ongles sophistiqués, des heures durant pour se peindre des ongles longs qui ne raboteront jamais l'ébène et ne sculpteront jamais un manche, plus facile de demander l'intégrale des sonates de Beethoven pour mon anniversaire que l'intégrale des rouges à ongles de Dior ! Nina Ricci, l'*Air du temps*, un nom prédestiné, et le flacon si joli, je me lance, après tout si c'était mon seul luxe ? Je tourne autour depuis six mois, en venant je fais semblant de me surprendre, je marche au hasard et je finis là en espérant que l'odeur soit à l'échelle de l'envie que j'en ai.

– S'il vous plaît, est-ce que je pourrais sentir l'*Air du temps* ?

– Vous connaissez ?

Elle a souri, son accent étranger transforme le *v* en *b*.

– Non, je ne me suis jamais parfumée.

– L'*Air du temps* c'est doux, c'est léger, c'est un parfum de jeune fille, ça vous ira très bien.

Le parler doux, la fin des mots chante.

– Je vous en mets sur le dos de la main, si vous aimez, je vous parfumerai.

Trois petits pschit. Transformation du pantalon poussiéreux et des chaussures usées en début de féminité.

– Ça sent très bon, je crois que je vais prendre un flacon.

– N'achetez pas aujourd'hui, c'est cher, je vous donne quelques échantillons pour essayer ; si ça vous plaît vraiment, vous reviendrez.

– C'est très gentil à vous, je vous trouverai là ?

– Depuis vingt ans, je vends Nina Ricci aux Galeries Lafayette, si vous revenez avant vingt ans je pense que j'y serai encore.

Je remonte la rue de Rome, enveloppée de l'odeur prisonnière de mon pull, je presse le pas sans prendre garde aux dalles et à leurs limites, il n'est plus temps, deux heures cinq, Julien ne supporte pas une minute de retard ; avec l'Urssaf qu'il paye, il peut bien exiger que nous soyons ponctuels ! Il oublie facilement l'heure à laquelle j'arrive le matin mais je me faufile discrètement. Merde ! Comment se fait-il qu'Annick soit encore là, penchée avec Julien, ils ont déniché cette fameuse boîte, la couleur unique du velours, je me glisse derrière eux, le pull, l'odeur, la venote, quel délice ! et au travail en silence. La volute du meilleur ami de Wormser, il craignait qu'elle ne casse, depuis les musées et la musique, il a convaincu un tas de clients d'avoir affaire à moi. Au point que Julien a demandé un jour à Annick, assez fort pour que j'entende : « Mais qu'est-ce qu'elle lui a fait à Wormser ? » Je lui taille des pipes, pardi, à mes heures perdues, je n'ai que ça à faire.

Wormser dépasse tout le monde dans le récit de la mort du vieux, son savoir médical lui donne une supériorité technique indiscutable : la dissection aortique, le vaisseau se clive et le sang s'engouffre et dissèque du haut en bas, jusqu'aux rénales. Les rénales rendaient impossible de tenter quoi que ce soit, il a fini le cœur éclaté. « Julien a toujours cru que le vieux était tombé sur une mauvaise équipe qui avait renoncé à cause de son âge ; mais c'est faux, j'ai vu les images de son aorte : une dissection historique ». D'un côté, Julien abandonné par son patron qui n'avait pas le droit de mourir, et de l'autre, Wormser, avec ses images et ses rénales, d'une objectivité irréelle. Ses amis, tous musiciens amateurs, tellement moins pénibles que les professionnels, remplissent mes journées et me font croire à un rien d'indépendance. La forme d'une volute, le bois, pour un client plus agréable que Wormser, plus discret, pas difficile, jamais je ne pourrais faire ça avec des ongles peints en rose, mais je préfère le bonheur d'une volute, il a mal au genou, dans un sens le temps que je répare son instrument il en profite pour se soigner. Julien la trogne de sanglier en avant, renifle, une fois, deux fois.

– C'est vous qui sentez cette odeur, Valérie ?

– Ça change du vernis non ?

– Si on veut. Ça sent la poule, Annick avait raison.

– La poule ?

– Vous ne pouvez pas comprendre l'étrangeté d'avoir justement choisi ce parfum aujourd'hui. Valérie, tout à l'heure, le commissaire vient pour cette histoire de violon, je souhaiterais que vous soyez là pour témoigner.

– De quoi monsieur ?

– De rien justement, du violon perché dans son couloir pendant toutes ces années, le seul témoin est mort, celle qui en sait le plus, c'est Annick.

– C'est pour ça qu'elle est restée ?

– Oui.

La porte, le pas de Julien, je vérifie par la fenêtre, il va boire un café à défaut de déjeuner.

– Annick, pourquoi le patron dit que je sens la poule ?

– Ce n'est pas la poule, mais plutôt les poules, celles du patron, singulier que vous ayez choisi, alors que vous n'êtes jamais parfumée, je suis troublée Valérie, comme si vous l'aviez ramené avec vous de déjeuner, vous auriez pu préférer *Diorella* ou *Numéro 5* mais l'*Air du temps* !

– Mais enfin, expliquez-vous clairement, qu'est-ce que ce parfum a de si particulier ? Comment se fait-il que Julien et vous le connaissiez si bien ?

– C'est le parfum que portaient toutes les conquêtes du patron.

– Toutes ? Il les choisissait avec l'*Air du temps* ?

– Non, il les choisissait blondes, et il leur demandait à toutes de porter ce parfum, toutes les femmes qui l'entouraient sentaient le même, ça lui évitait des ennuis. Quand il retrouvait Josette à sept heures après avoir quitté Monique à trois, il pouvait garder l'odeur.

– Mais ?

– Il leur offrait, il en avait d'avance pour les futures nouvelles, une rente pour le stand Nina Ricci des Galeries Lafayette. Valérie pour le moment je me moque de l'*Air du temps*, le couple d'Israéliens qui avait rendez-vous avec lui le matin de sa mort…

– Est de retour ?

– Non. Ils sont morts aussi, dans un accident de voiture, ou assassinés, on ne sait pas, peut-être faisaient-ils partie des services secrets. Ils avaient une fille, une enfant, quinze ans après elle fait des recherches. La police s'intéresse soudain à ce violon comme si des microfilms étaient cachés dedans. Et voilà que vous débarquez avec l'odeur des poulettes !

– Je ne pouvais pas savoir.

Ma volute. Si l'homme de ma vie avait dû être lui, si le destin s'était trompé, s'il n'avait pas été mort avant que je puisse le connaître. J'ai été irrésistiblement attirée depuis des mois par ce flacon, et l'homme qui cherche cette odeur est un fantôme ? Peut-être que le vieux se trompait et qu'il s'est réincarné quelque part, sans devenir de la poussière. Amoureuse d'un mort ? Il rêvait de moi, une blondeur, vraie, il m'a cherchée toute sa vie. La photo de lui n'est qu'un maigre décalcomanie insonore. J'aurais pu l'aimer follement comme on rêve d'aimer, éperdument, et lui se serait arrêté de respirer en me voyant la première fois, la voilà, c'est enfin elle. Je n'étais qu'une petite fille le jour de sa mort, il faudrait modifier le temps pour me faire naître plus tôt et lui plus tard et alors, il m'aurait épousée et fait plein de petits violons. Occupe-toi de ta volute et marche avec ou sans *Air du temps*, homme de ta vie ! La gueule carrée de Julien revient dans la cour, et ce n'est pas du rêve, plutôt de l'empoisonnement pour le reste de l'après-midi, à part le commissaire comme distraction. Tiens, il monte au studio en pleine journée, je ne l'ai jamais vu faire une chose pareille.

Répondre au président du tribunal : oui, Julien est monté chez lui à trois heures vingt-cinq. Dix minutes plus tard, j'ai distinctement entendu un coup de feu. Annick et moi, nous nous sommes précipitées mais la porte était verrouillée de l'intérieur ; nous ne pouvions pas ouvrir, nous avons appelé la police. Entre-temps, le commissaire est arrivé. Oui, il avait rendez-vous à quatre heures pour un violon. Non, je ne pense pas que le suicide de Julien soit en rapport, mais il ne disait jamais rien.

Pas de coup de feu, suicide, tribunal, questions, il est redescendu en attendant le commissaire dans le bureau d'Annick, je les entends qui chuchotent. La volute fascinante devant moi, chacun ses préférences, Julien le filet et moi la volute, spirale de bois déroulée en se rétrécissant, grossière tout d'abord, les angles avec les ciseaux, petit à petit, je purifie la forme. En l'élaborant, je ne la finis jamais, elle se continue en fumée de chaque côté, comme une moustache à la Dali. J'ai dégrossi un côté, il faut attaquer l'autre, sans se presser, j'aime trop la fabriquer pour ne pas rêver, je choisis le ciseau à gauche de la fenêtre, sur le tableau où sont accrochés mes outils.

Sans honte, un curieux planté dans la cour, devant ma fenêtre, m'observe ; d'habitude, les gens jettent un œil en passant, bizarre de se sentir épiée, je le sens, je pose ma main sur le ciseau pour le pousser doucement et sortir les copeaux, je perçois sa silhouette immobile. Je relève la tête, une drôle de veste noire, col Mao, boutonnée de façon asymétrique à gauche, un pantalon comme ceux d'Arsène, et des santiags. Je plonge dans ma volute. Sa façon de me scruter a une existence matérielle, traverse la vitre, coule sur ma joue, la chauffe. Brun, cheveux de velours comme le pantalon, coupés ras, les deux mains dans les poches carrées plaquées sur la veste, un long paquet brun appuyé sur son bras droit. Dérangée par cette présence incongrue, il bouge enfin sans me quitter des yeux, il sort de ma vision sans me lâcher. La sonnerie, Annick se lève pour ouvrir, les habitués ne sonnent jamais, ils poussent la porte.

– Valérie, ça ne vous ennuie pas de venir, le commissaire est arrivé.

Le commissaire ? Les cheveux en moquette ? Les santiags ? Qui me matait par la fenêtre ? J'entre dans le bureau en essuyant machinalement mes mains sur ma venote. En haut du paquet brun, les yeux, bleus.

– Bonjour mademoiselle.

Une voix grave sort de cet individu lumineux.

– Alors, c'est vrai, cette histoire ? Aucun d'entre vous n'a jamais eu la curiosité d'ouvrir cette boîte ?

Un sourire invraisemblable. Nous faisons tous les trois un signe de dénégation commun. Il rayonne d'un éclat qui me fait battre le cœur.

– Nous allons l'ouvrir ensemble !

Il se penche un peu et ses mains font de drôles de choses qui donneraient envie d'être à la place de la boîte, une délicatesse de doigts fins pour défaire les fermetures, il soulève le couvercle et il siffle, longuement, trois notes en se tournant vers Julien. Visiblement ravi.

– Un violon qui ne valait rien ! Pour un beau vuillaume, c'est un beau vuillaume !

Julien est tellement abasourdi qu'il le laisse prendre l'instrument et regarder l'étiquette à l'intérieur confirmant s'il est besoin l'origine.

– Mais enfin, commissaire, comment savez-vous que c'est un vuillaume ?

Il éclate de rire.

– Je suis fondu de violon, j'en joue depuis que je suis tout petit, c'est la raison pour laquelle on m'a confié cette affaire, pour ne rien vous cacher j'avais un atout majeur dans mon jeu.

Il extrait le long paquet de sa poche et déroule le papier kraft à côté du violon, son émotion et son plaisir me confondent.

– J'avais l'archet qui était resté en Israël, probablement parce qu'il était trop abîmé, c'est un archet de Vuillaume, je l'ai montré à votre archetier qui a voulu le réparer, je m'attendais à trouver le violon de même facture dans la boîte.

Julien médusé ne bouge pas un cil. Le commissaire prend le violon, le coince entre son menton et son épaule, l'accorde, épanoui. Je me tourne pour prendre le diapason que je tape sur la table et je le pose. En finissant d'accorder l'instrument, il me fixe comme à travers la fenêtre. Suspendue à son archet, en lévitation, j'entends la partie de violon du *Triple Concerto*, ni guindé ni prisonnier de l'instrument, il bat la mesure du bout de sa botte pointue. Il s'arrête, pose le violon avec douceur près de moi et hume.

– C'est vous qui sentez cette odeur ?

XI

L'escalier tous les matins, les violons, les vivants et les morts à leur place. Pourquoi irais-je en Chine montrer à ces Jaunes à face plate qui jouent une musique ancestrale non écrite, stable depuis des siècles, comment fabriquer des violons ? Je suis revenu calmé par les truites, Valérie avait la mine rose et souriante. Quant aux Israéliens morts qui auraient déposé un violon... Mystère... Mon atelier, mon escalier, je ne veux pas prendre l'avion.

– Le jour de la mort de votre patron, est-ce que vous vous souvenez ?

D'abrupts détails physiques concernant deux clients dont, avec le plus gros effort d'une mémoire encombrée par la fin de la journée, je ne me souviens absolument pas.

– Vous êtes sûr de ne pas les avoir vus.

Quand il verra la taille de l'atelier, il ne pourra pas me croire, une photo, deux jeunes gens, une femme très brune aux cheveux volumineux, et un homme déjà dégarni malgré sa jeunesse évidente.

– Je vous répète, commissaire, je ne pense pas les avoir vus, j'avais d'autres chats à fouetter.

De ce jour-là, la bouche de métro à ma droite au feu devant l'hôpital et les marches de marbre pour descendre, puis la mort ont embolisé les souvenirs.

Eux aussi morts, après être venus à l'atelier. Espions, terroristes ? Le commissaire n'a donné aucun détail, il a émis le souhait de venir visiter l'atelier : quinze ans après, il ne trouvera pas d'empreintes digitales. Le patron déposait ses ennuis dans un coin comme on pose une valise, il profitait du goût de son café, de la verdeur d'une paire d'yeux, d'une chevelure. Mon incapacité à me dissocier me rend le café amer malgré le sucre, le croissant pas aussi frais que d'habitude, attention à ne pas me faire écraser en traversant la rue, qu'ai-je à voir avec les Chinois et les Israéliens ?

Un pays où on jette les filles à la poubelle, un bol de riz par jour, une école de lutherie : pitrerie de politiciens véreux, argent par les fenêtres. Mission de prestige, tu parles ! Agioteurs qui, sous prétexte de violons, veulent vendre des bombes, quand on pense le temps qu'il faut pour faire un luthier. Je n'irai pas en Chine. Valérie a éteint son sourire, je n'ai pas dû dire bonjour, nom de nom, mes soucis retentissent toujours sur l'humeur générale ! Et la baronne déjà avec le téléphone.

– Allô Julien ?

– Qui voulez-vous que ce soit ?

– Excusez-moi, je vous rappelle au sujet de la Chine, on attend votre réponse au ministère pour organiser la mission. Avez-vous réfléchi ?

– C'est tout réfléchi, c'est non.

– Julien, c'est impossible ! La dernière fois vous m'aviez laissé entendre que...

– Je ne peux pas quitter Paris.

– Mais enfin, Julien, vous m'aviez dit que votre collaboratrice pouvait tenir l'atelier en votre absence.

– Ça n'a rien à voir avec l'atelier, je dois rester à la disposition de la police.

– Quoi ?

– Ne m'en demandez pas plus je suis tenu au plus grand secret.

– Dans ce cas... Et votre collaboratrice, elle ne pourrait pas, elle, aller en Chine ?

– Valérie ? Ce n'est même pas un luthier, elle n'est passée dans aucune école, elle connaît à peine les rudiments du métier, c'est une plaisanterie, Charpentier, et puis c'est une femme, songez à l'image de la France, on ne peut pas envoyer Valérie en Chine voyons.

La baronne plonge son nez pointu dans ses livres, je dis ce que je veux, elle n'a pas besoin d'écouter mes conversations, je ne veux pas me séparer de Valérie. Son arrivée, le sourire, la fraîcheur malgré cette trop grande venote, la musique qui lui manquait, le temps où elle cassait les éclisses s'est éloigné, elle a progressé si vite. À l'évidence, je n'ai pas vu ces Israéliens. La matinée effacée ne m'a laissé aucun souvenir avant mon départ de l'atelier, lui souhaitant bonsoir, son stylo à la main, instants reconstitués, quelques minutes après, en ouvrant la même porte que moi, écroulé en haut des marches, puis dégringolé jusqu'en bas. Heureusement, tous les cahiers soigneusement conservés et rangés n'ont pas été difficiles à retrouver, ni, avec Annick, de tomber sur la page de sa mort et de lire : Kargermann inscrits à cette page-là. Elle s'est alors souvenue, et moi aussi – devant une grosse flèche sur le cahier en face de Wormser et écrit de son écriture pleine : Julien – qu'il m'avait implicitement demandé ce matin-là de m'occuper de Wormser, que je déteste depuis toujours.

– Je me souviens Julien, je m'étais trompée en notant leur nom, en fait, ils portaient le nom d'un grand interprète, Perlman je crois, et le patron était furieux. Vous savez, ce sont eux qui ne sont jamais venus chercher leur violon.

Une histoire de femme entre eux qui aura mal tourné pour qu'il me confie Wormser avec une flèche aussi nette sur le cahier, presque violente dans le trait et l'écriture appuyée. Le souvenir du malaise m'est revenu en voyant l'agenda ouvert, j'aurais préféré une confidence de cuisse trop ferme plutôt que Wormser.

– Julien, encore le téléphone.

– Mais je ne vais pas pouvoir être tranquille aujourd'hui.

– C'est le commissaire.

– Allô, commissaire ?

– Excusez-moi de vous déranger, toujours mes deux Israéliens, ils sont venus en France pour faire expertiser un violon. Ce violon n'a jamais été retrouvé.

– Et pour cause.

– Comment, et pour cause, vous savez où il est ?

– Précisément non, mais j'ai la certitude qu'il est quelque part dans l'atelier.

– On peut le voir ?

– Mais certainement.

– Je peux venir en fin d'après-midi ?

– Je vous attends, commissaire.

Le troisième mouvement de la *Sonate à la Tempête*, la reprise me coupe le souffle, surtout dans cette version de Richter que j'avais enregistrée il y a quatre ans, je l'aime mieux que celle de Brendel. La puissance inépuisable me soulève, les mains courent sur l'ivoire, la retenue du désir s'étale et reprend, clarté des doigts qui se répondent, le souffle s'arrête un instant, à peine, pas même une demi-croche de silence, moi qui respire, des générations d'hommes pour inventer la musique, et encore le temps entre lui et moi pour que je l'écoute aujourd'hui comme personne avant moi. Ni après. Pas même lui, qui ne l'a jamais entendue.

– Valérie ? Vous souvenez-vous de ce violon que vous aviez trouvé en rangeant l'atelier, une très vieille boîte, pas très longtemps après votre arrivée ?

– Le violon déposé le jour de la mort du patron ?

Sorcellerie, de mèche avec le commissaire.

– Comment savez-vous ça ?

Elle rougit de honte, complices à coup sûr, le commissaire me soupçonne de je ne sais quel méfait, il a déjà interrogé tout l'atelier derrière mon dos, elle est au courant, peut-être le violon est-il déjà entre les mains du commissaire ? Mon silence la désarçonne.

– C'est Philippe qui m'a raconté l'histoire de ce violon, le patron aurait même dit qu'il ne valait rien... ce qui fait que vous n'avez jamais ouvert la boîte.

– Comment le savez-vous ?

– Vous me l'avez dit le jour où je l'ai descendue de là haut.

– Vous savez où ?

– Tout en haut de l'étagère de gauche du couloir.

Pourquoi un commissaire quinze ans après chercherait un violon qui ne vaut rien. Des microfilms cachés dans la doublure. Quand ils seront tous partis déjeuner, Annick et moi, mis en accusation par ce commissaire comme si nous avions été les complices de ces deux Israéliens ou plutôt de leur assassinat, d'avoir planté le platane qui les a tués, nous descendrons cette boîte. Et s'il y avait une bombe dedans, qui saute au moment d'ouvrir le couvercle, mais non, le patron aurait explosé. Quelques heures seulement avant que son aorte ne subisse le même sort. J'eusse préféré je crois, un attentat, ç'eût été plus noble. Comment expliquer au commissaire que sur parole, j'ai cru un mort, et que la foi transmise par Annick – le violon ne vaut rien – a empêché la plus élémentaire des curiosités, il ne me croira pas. Valérie dégage ses longs cheveux du pull qu'elle vient de jeter sur ses épaules, de la main gauche, penchant la tête, le patron eût adoré la grâce du mouvement. Les deux apprentis, affamés comme la jeunesse vous donne de l'appétit, sont probablement déjà attablés au café du coin.

– Annick, je suis désolé de vous demander ça mais je pense que vous serez plus habile que moi pour grimper sur l'escabeau.

– Vous voulez vérifier avant l'arrivée du commissaire ?

– Oui.

– J'espère qu'il n'y a rien de dangereux dedans.

– Annick, enfin, soyez raisonnable !

Les jambes aussi impeccables que son chemisier, les collants légèrement brillants tendus sur les mollets fins, je pourrais profiter de l'escabeau et de la pénombre pour caresser les jambes d'Annick, elle en tomberait.

La boîte noire, craquelée et poussiéreuse, s'ouvre sous mes doigts. Mes bras mollissent après un grand arrêt dans ma poitrine, puis le sang revient comme une chute d'eau.

Quoi ? Sur cette étagère, depuis quinze ans, il y avait ça ! Dans mon atelier et je l'ignorais, mais l'archet est neuf, s'agirait-il d'une imitation ? Il suffit pour confirmer de vérifier l'étiquette : Jean-Baptiste Vuillaume, à Paris, 3 rue Demours. Ternes. Par cœur et à l'intérieur sur le fond les inscriptions à la plume, ma main tremble, juste au-dessous du tasseau supérieur 2864 (1871), le paraphe de Vuillaume dans la partie supérieure droite près des éclisses, il y est, et le patron n'a pas pu l'ignorer. Ce d'autant moins qu'une petite statuette en ébène s'est éjectée quand j'ai sorti le violon. De celles qu'il avait coutume de sculpter dans les chutes de bois, avec sa facture habituelle, cubiste et très ressemblante, un autoportrait qui me sourit. Il avait plutôt l'habitude de corps féminins, d'amants mêlés ou de visages inconnus que j'ai donnés à André en souvenir, l'atelier me suffisant. Jusqu'au chevalet avec la marque au fer : Gand et Bernardel Frères !

– Quelque chose ne va pas Julien ?

– Vous n'avez qu'à lire l'étiquette du violon à l'intérieur.

Elle se penche sur l'instrument, elle relit plusieurs fois.

– Mais ? Comment est-ce possible ?

– Elle n'était pas blonde ?

– Pardon ?

– Je vous demande si la cliente était blonde, je ne vois que ça pour l'avoir distrait d'un tel violon.

Le commissaire cherche peut-être autre chose, pourquoi l'archet est-il de conception moderne d'un archetier français ou italien, encore une étiquette, Goldenberg, Tel-Aviv, le revendeur, je ne pense pas qu'ils aient des archetiers en Israël. L'archet d'origine, celui de Vuillaume devait être trop abîmé pour servir et les clients ont pu méconnaître sa valeur, ils l'ont laissé. Mais le patron a su à la première seconde, le temps que la lumière aille du violon à son œil, il l'a gardé pour le remettre en état à son retour, il n'a rien dit à Annick. Voilà. Son autoportrait montait la garde. Depuis quinze ans.

Valérie revient. Et ça continue ! Le fantôme s'installe, elle embaume le parfum des poules du patron, elle qui ne se parfume jamais ! Quel trafic !

– Annick, il faut que vous restiez pour le commissaire, j'espère qu'il trouvera ce qu'il cherche.

Cette odeur restait imprégnée dans ses vêtements à force de tenir embrassées toutes ses femmes contre lui.

– Valérie, c'est vous cette odeur ?

– Quelle odeur ?

Quelle odeur ? Quel vuillaume ? Je deviens fou.

– Ça sent la poule.

Le commissaire, sûrement, un vuillaume ou un vulgaire petit violon de manufacture, il ne fera pas la différence. Cette odeur dont j'ai mis des mois à me débarrasser là-haut, après avoir jeté les flacons, pulvérisé des produits, imprégnée encore, m'indisposait chaque fois que j'ouvrais la porte, je crois qu'elle restait l'obstacle majeur à mon installation, quand il n'y a plus eu d'odeur résiduelle je ne suis plus retourné chez moi. Il faut que j'aille respirer autre chose que cet *Air du temps*, la sensation de sa présence devient trop forte.

Le dallage du trottoir en granit imprimé dans les yeux, je n'ose penser que quelque chose en lui pouvait déjà être en train de se fissurer, dans le cerveau, la partie de ses cellules nerveuses concernée par Vuillaume éteinte, ou ses yeux qui n'ont pas lu l'étiquette, ou la liaison entre la vision et la parole qui a disjoncté pour qu'il dise à Annick que le violon n'avait pas de valeur. Et alors le lendemain, il aurait aimé les brunes, en aurait épousé une, aurait voulu des enfants. Ne pas reconnaître un vuillaume : plutôt crever. Mes pas me remontent au studio en pleine journée, on aura tout vu. Ou comme moi, au premier coup d'œil, il l'a reconnu, et sciemment il l'a caché pour se le garder, me priver du plaisir qu'il venait d'avoir, ou me faire attendre, quinze ans ! Besoin d'un secret comme compagnie pour partir au

Japon, il l'a emporté dans sa mort le soir même. Elle se parfume avec l'*Air du temps* le jour où je le retrouve !

Quinze ans de mensonges ; ça vaudrait bien que je me paye, je peux assortir à l'archet neuf un violon de ma fabrication et garder le vuillaume, je le mérite bien, quinze ans, il y a prescription. Privé du plaisir d'un violon pour n'avoir jamais su partager avec lui celui qu'il avait de regarder jouir une femme : « Heureusement que j'ai ça, je ne bande plus si facilement qu'autrefois, alors rien que les caresser pour les faire se tordre d'envie, je suis heureux ». Pour avoir été l'homme d'une seule femme qui ne jouissait pas, se créant ainsi l'avantage, comme si de ne pas prendre de plaisir à cet acte barbare la mettait au-dessus de moi, maîtresse d'un jeu dont elle ne daignait pas profiter. Pourtant le vuillaume, nous aurions pu partager, surtout, mais il ne se doutait pas qu'il nous privait d'une ultime complicité dont l'absence me rend, d'un coup, moins orphelin. Une cachotterie d'une durée que ma confiance en lui a rendue ridicule, comment le commissaire peut-il déchiffrer une telle fidélité, comment comprendre que j'aie laissé aux oubliettes un violon d'une telle valeur ? M'appartient-il ? Je connais les avocats : après avoir examiné tout le dossier, il est possible que ce violon vous revienne de droit mais il n'y a rien de certain, tout dépend de qui le réclame. En attendant, commissaire, je le garde ; il séjourne dans mon atelier depuis quinze ans sans que rien ne lui soit arrivé, je peux bien le garder quelque temps pour le réviser, laissez-moi ce plaisir. Le dérangement d'une telle histoire, mon ouvrage n'a pas avancé de la journée, je déteste perdre le fil, il faut bien redescendre pour recevoir ce commissaire.

Toujours aimable avec son air juvénile, il a sonné et Annick lui a ouvert. Le paquet dans sa poche ne peut être que l'archet.

– Alors, ce violon ?

– Je l'ai, vous permettez, commissaire, que j'aille chercher Valérie, c'est elle qui l'a retrouvé. Valérie, ça ne vous ennuie pas de venir, le commissaire est arrivé.

– Bonjour mademoiselle. Alors c'est vrai cette histoire ? Aucun d'entre vous n'a jamais eu la curiosité d'ouvrir cette boîte ? Nous allons donc l'ouvrir ensemble !

Il s'incline et il déverrouille les deux fermetures métalliques, il émet un long sifflement, trois notes en se tournant vers moi.

– Un violon qui ne valait rien ! Pour un beau vuillaume, c'est un beau vuillaume !

Assommé, je le laisse s'emparer du violon et vérifier l'étiquette à l'intérieur pour s'assurer définitivement.

– Mais enfin commissaire comment savez-vous que c'est un vuillaume ?

La spontanéité de son rire me rassure.

Ma parole il va en jouer ! Et la petite qui lui donne le *la*. Un commissaire violoniste, ça par exemple, pas trop mauvais, le *Triple Concerto*, le violon est fabuleux, mérite une bonne révision mais quelle sonorité ! Blague à part patron, quinze ans plus tard, quel cadeau ! Dommage que vous ne soyez pas là !

XII

D'une seconde à l'autre : obnubilé par une illusion de blonde, amalgame de peau, cuisses, fesses susceptibles de le faire bander il était passé au vuillaume. Aucun violon jamais, *a fortiori* un jeune homme de cent ans arrivant du Maroc *via* Israël ne lui donnerait de lassitude. Il songeait au destin des objets : Vuillaume penché sur une touche en ébène voyant arriver sous une pluie dont Paris a le secret une voiture à chevaux sur le chemin cabossé, les Ternes au siècle dernier se trouvaient encore à la campagne, un cocher coiffé d'un vieux haut de forme déteint, et s'extraire de sous la capote du fiacre l'homme du Sud à la peau un peu foncée et l'air déraciné qu'ils ont tous. Puis la route vers le midi, de plus en plus chaude, et le bateau, le violon négocié âprement voyageant dans sa boîte pour cette femme qui en aura joué trois mois ou quarante ans ? Et puis l'oubli. Jusqu'à ce jour de reconnaissance. Parce qu'il l'avait immédiatement reconnu, comme quelqu'un dont on lui aurait parlé toute son enfance, dont il aurait su tous les caractères sans l'avoir jamais vu. Se le garder pour le retrouver en arrivant du Japon, avoir tout au long du voyage ce petit pincement pour s'être réservé ce plaisir de retour : laisser un vuillaume dans l'obscurité pour prolonger l'oubli, me faire croire que je ne l'ai pas vu, le laisser en suspend pour le petit coup au cœur en rentrant, peut-être douter au cours du voyage : je me suis trompé, je n'ai pas bien regardé la forme des ouïes. Dans quinze jours, je le montrerai à Julien qui ne fait pas partie de ma race de jouisseur, ne se donnera pas le temps de la supposition, et cherchera immédiatement l'étiquette. Pour jouir, il faut un peu d'abandon et beaucoup d'incertitude, il trouvera le paraphe et me regardera de son air franc et simple : c'est un vuillaume.

Le vieil homme préféra se garder la cachette du plaisir indemne, l'excitation faisait partie de sa vie, sa jeunesse persistante tenait à ce genre de surprises, malgré les rides et l'âge.

La faim le surprit et il fit le projet d'emmener Julien déjeuner avec lui, il se souvint alors de Wormser et se félicita de ne l'avoir pas vu, il avait le sentiment d'être une curiosité ethnologique pour celui-là, comme si l'autre enregistrait ses bons mots pour en parler plus tard avec émotion quand il serait mort, un portrait supplémentaire, dont la couleur locale agrémenterait les dîners mondains.

– Julien?
– Oui monsieur.
– Wormser vous a-t-il mis en appétit ?
Julien ne répondit pas, et le vieux luthier pensa à part lui : j'ai bien fait de ne pas lui montrer le vuillaume, il aurait regardé l'étiquette.
– Je serais curieux de savoir s'il est aussi bavard avec vous qu'avec moi ?
– Je ne l'écoute pas, je ne comprends pas ce qu'il dit, il finit par se taire, vous savez, les gens qui prétendent m'apprendre mon métier, je fais comme s'ils n'étaient pas là.
Les deux hommes sortirent dans la cour, une longue silhouette élégante et une plus courte, massive, se déplaçant par déhanchements, et avec déférence. Parfois, le dégingandé aurait aimé se faire petite souris pour guetter un changement dans l'attitude du second, mais non, pas non plus avec sa femme, par-devant comme d'habitude, pas certain qu'il n'ait jamais fait l'amour dans plus d'une, allons, deux positions différentes, de toute façon d'imaginer Julien dans une posture érotique prêtait à sourire, et en tout cas jamais changé en cours, arrêté au milieu pour rire ou boire un coup, retenir le plaisir pour le faire plus intense, plus fort, plus long, il n'a jamais dû essayer, il n'en soupçonne pas la possibilité.
– Alors ! Qu'est-ce que le patron nous propose aujourd'hui, ma belle ?

– Lapin à la moutarde, c'est le plat du jour !

– Va pour le lapin à la moutarde.

– Et vous, monsieur Julien, pas la peine de vous demander, un steak au poivre comme d'habitude. Je vous donne une demie de rouge.

– Non, aujourd'hui, il nous faut un extra, je pars au Japon demain je ne suis pas prêt de boire un vin correct, mets-nous une bouteille de ce petit bordeaux que j'aime bien, Julien êtes-vous sûr de ne pas vouloir goûter autre chose que votre sempiternel pavé au poivre ?

– Merci monsieur, non.

En même temps qu'il réglait avec Julien les soucis quotidiens de l'atelier, faire rentrer de l'épicéa qui risquait de manquer, il suçait délicatement les os du lapin et se pourléchait de la sauce crémeuse, et Julien je vous en prie faites un effort sur vous-même pour vous occuper des clients comme si c'était moi, pensant que dans le lapin à la moutarde le meilleur au bout du compte était d'aspirer le jus dans le creux des os. Il écoutait d'une oreille distraite le jeune couple assis à la table voisine dont le garçon essayait, au travers d'exploits sportifs improbables, de convaincre la jeune fille de sa valeur dont elle ne semblait pas douter malgré la vantardise du discours. Quand Julien lui répondit qu'il ferait aussi rentrer de l'ébène, qu'il profiterait de son absence et du calme qui en résulterait pour vérifier les stocks, il se faisait la réflexion que le jeune homme s'y prenait bien mal et qu'il connaissait d'autres méthodes moins contournées et plus efficaces pour conduire une femme dans vos bras. Décidément, ces autres, Julien compris, pas de sa race, bercé par la promesse des mots, leur crudité pour que le désir au fond de soi faseye, se raconter un violon et une femme voluptueuse juste pour la promesse du plaisir, pour les frissons le long du dos.

– Une crème caramel ?

– Pourquoi pas, tu m'as dit que tu avais quoi d'autre, je n'ai pas entendu.

– Mousse au chocolat, tarte Tatin, tarte framboise...

– Un café, s'il te plaît, et vous Julien ?

– Oh, monsieur Julien, c'est comme d'habitude.

Il eut un petit clin d'œil pour la serveuse et fit semblant que sa main puisse effleurer son postérieur dans la jupe noire sur laquelle pendaient les deux rubans de son tablier blanc. Elle partit en riant.

– Julien, j'allais oublier le violoncelle d'André.

– J'y avais pensé, monsieur, c'est moi qui ai récupéré les archets.

– Parfait, il doit passer le prendre demain mais je ne le verrai pas, vous lui direz...

Que pouvait bien transmettre Julien à André ?

– ... que j'ai fait de mon mieux.

Il avait toujours exclu Julien de ses relations avec André et Nadia. Une seule fois en son absence, Julien avait changé une clef qui lui avait vrillé l'estomac pendant deux ans. Après une longue bataille contre lui-même et malgré l'ironie marquée d'André devant le geste, il l'avait à nouveau changée alors qu'elle ne demandait rien à personne. Il pourrait tout arranger en lui parlant du vuillaume.

– Vous savez, Julien...

Mais non, il fallait conserver le bonheur, tant pis, il est fichu de regarder l'étiquette.

– Nous n'allons pas traîner, cocotte, l'addition, s'il te plaît, et que ça saute !

Il songea qu'il avait bien fait de se limiter aux blondes, et que Dieu ferait bien de pourvoir à ses besoins dans l'au-delà, à moins que son enfer à lui soit justement dépourvu de femmes, de toute façon il n'était pas prêt à passer l'arme à gauche.

– Il n'y a rien qui cloche Julien, nous avons tout vu, il nous reste l'après-midi, demain matin je n'aurai pas le temps.

– Surtout si vous montez dans l'avion de Los Angeles !

La dernière fois qu'il avait pris l'avion, tout l'atelier s'en souvenait, il était monté par erreur dans un avion pour Los Angeles alors qu'il allait à Madrid, un voyageur de moins dans un avion, un de trop dans un autre, le personnel des deux compagnies avait mis une heure pour le débusquer.

– Annick, je pars par Roissy ?

– Oui monsieur, et cette fois-ci...

– Je sais, je sais, je tâcherai de prendre le vol pour Tokyo ; vous m'avez préparé le courrier, Annick ?

Il s'installa à côté d'elle qui avait, avant d'aller déjeuner, rangé à nouveau selon la méthode d'Attila ; il ne pouvait plus prendre de billets dans la caisse pour acheter aux Galeries Lafayette quelques flacons de l'*Air du temps* à sa vendeuse préférée sans qu'elle lui demande une facture, lui affirmant que le liquide entrait en comptabilité ! Annick, la comptable, il ne se sentait plus chez lui.

– On commence par quoi ?

– Les payes, monsieur, ce sera fait.

– Les payes ? Mais je reviens avant la fin du mois.

– Je vous connais, vous aurez mille autres choses à faire, je ne suis pas là le mercredi, et les ouvriers n'auront pas leur paye le 29, si vous les signez aujourd'hui tout ira bien.

– Si bien organisée, jamais un cheveu qui dépasse, vous êtes merveilleuse, vous pensez à tout, je vais vous les signer vos payes, donnez-moi le chéquier.

Elle aurait tout aussi bien pu le faire, à ses heures elle imitait fort bien sa signature mais elle considérait ces moments avec lui comme son privilège personnel, elle aimait qu'il vérifie la qualité de son travail, la présentation des différents feuillets, bordereaux de l'Urssaf et autres organismes imprimant des missives écrites dans des unités et des formulations auxquelles il ne comprenait rien. Rempli de son écriture penchée et soigneuse, le parapheur en buvard rose, ouvert sur les centimes, les doubles, la date, payé le, chèque numéro, le tout avec un soin et une précision dont il eût été incapable, supervisé par Annick empesée toute entière, véhiculant un apprêt rose tendu sur sa poitrine opulente, attendait son paraphe. Il se mit à signer en tournant les pages lentement, l'esprit ailleurs, déléguant sa main dans l'acte simple, pensant qu'il faut du désordre pour jouir, qu'il aurait eu bien du mal à la désempeser, signant, préférant les femmes emportées par la passion qui se déshabillent facilement, persuadées de profiter du moment à venir.

– Annick, je rêve ou il y en a plus que d'habitude.

– D'habitude, je ne vous fais pas tout signer en une fois, en plus vous avez du courrier à me dicter, il faut répondre aux félicitations pour l'émission de télé.

– Une lettre ? Pour remercier des félicitations ? Faites la même pour tout le monde, vous n'aurez qu'à changer l'en-tête.

– Monsieur, vous ne pouvez pas faire ça.

– Et comment, je vais le faire, sinon nous en avons pour toute la nuit ma petite Annick, je sais bien que ça ne vous arrêterait pas de passer la nuit auprès de moi mais...

– Monsieur !

– Excusez-moi, donnez-moi le paquet de courrier que je le trie, tous ceux qui recevront la lettre banale je vous les laisse, les autres je leur écrirai de ma main, ça vous va ?

– Mieux.

– Ne faites pas cette tête, vous n'avez qu'à faire le projet de lettre pendant que je trie.

L'émission de télévision l'avait déçu, voire choqué, le journaliste lui avait posé des questions d'homme qui manipule des mots pour lui faire dire ce qu'il croyait important que les spectateurs entendent. Mais aucune interview, aucune mise en scène ne pouvait montrer la seule chose irremplaçable de son existence, la moins spectaculaire : son expérience. Il avait fallu jouer avec leurs règles pour un jeu dont il n'avait que trop saisi le but, faire semblant de jeter les dés au début de l'émission sans échéance dans le temps ni dans l'espace et ne jamais les récupérer, comme si la vie pouvait se jouer au hasard et sans ces deux raisons principales.

– Cher monsieur, je vous remercie infiniment de l'attention que vous avez bien voulu prêter à l'émission télévisée à laquelle j'ai participé, la justesse de vos observations et leur caractère bienveillant me touchent, une formule de politesse quelconque, ça vous va ?

– Parfait, Annick, parfait.

Mais comment faire comprendre à ces gens de télévision en quoi Marcel Proust avait pu influencer la façon de penser et de vivre d'un luthier, le replacer dans l'espace et le temps ? Comment après avoir mis des mois à lire *À la recherche du temps perdu* et avoir abouti au *Temps retrouvé*, l'homme s'était enfin pris pour un fragment de temps et non plus simplement pour de la matière organisée et transitoire : amoncellement hasardeux de molécules. Il avait bien essayé d'expliquer : quand je fabrique une volute, elle n'existe que dans l'espace où je la conçois, et je sais le temps qu'il me faudra. La plus simple des références : le temps que l'on met à faire les choses. Mais ils avaient coupé. Donc, le raccourci du temps que représentaient à la fois sa connaissance et sa culture avec pour résultat, qu'il ne fabriquerait jamais la même volute que Julien, parce qu'ils n'étaient ni l'un ni l'autre la même fraction du temps, la raison profonde pour laquelle il ne lui avait pas montré le vuillaume, la télé s'en balançait !

Tout à coup parmi les lettres :

« Monsieur, je vous remercie pour le petit rabot, je le garde précieusement, je pense que je vais devenir luthier, je vous admire, merci pour l'émission. Philippe »

– Annick, quel âge a le fils de Julien ?

– Treize ou quatorze ans, vous avez vu, c'est gentil sa lettre.

Une autre écriture, bien connue de lui, gorge de pourpre et blanches mains, bandeaux noirs et lourd chignon, pourquoi l'experte de toutes les radios et télévisions du monde lui écrivait-elle ?

« Tendre ami, l'exercice fut périlleux, mais le numéro exécuté avec brio, je vous reconnais bien là, je vous aime toujours autant. Nadia. »

Il fut soulagé qu'elle n'eût pas été dupe du guignol, il décida de lui sculpter une statuette dont il avait le secret, dans une chute qui l'inspirait, et de la glisser dans le violoncelle d'André pour seule réponse.

– Pendant que vous me tapez la lettre, je termine à l'atelier.

Il éplucha son avant-bras gauche de ce mouvement automatique, pour constater l'heure : cinq heures vingt-cinq.

Le jour tombait, son genou le rappela à l'ordre, l'humidité sans doute, le vuillaume le lui avait fait oublier. Il trouva le morceau d'ébène qui le titillait depuis quelques jours, en forme de buste, ce qui l'avait rebuté tout d'abord, il lui fallut peu de gestes pour détailler un nez et des yeux et fut surpris d'une certaine ressemblance avec son propre visage, l'humour n'en serait que plus flagrant.

– C'est prêt ?

– Pas tout à fait, monsieur.

Il ne résista pas, la figurine dans la main, à poser la boîte du vuillaume sur son établi pour l'ouvrir et le contempler une dernière fois, mais il entendit le pas lourd de Julien dans le couloir, il ferma précipitamment la boîte, enfermant la statuette dedans pour rejoindre Annick et s'asseoir.

– Annick, si quoi que ce soit arrivait, je compte sur vous pour aider Julien. Ne lui faites pas la guerre en mon absence.

– Oui, monsieur, le voilà justement qui part.

– Bonsoir, monsieur

– Bonsoir, Julien, saluez Solange et les enfants ; à propos, j'aime bien votre fils ; vous savez Julien, c'est un bon gosse.

– Merci monsieur. Bonsoir.

Il relut la lettre et la signa, décidé à envoyer une carte postale du Japon au fils de Julien.

– Nous avons fini, Annick ?

Elle pliait les lettres en trois pour les glisser dans les enveloppes à fenêtre avec cette habileté et cette précision qui la maintenaient sur son piédestal.

– À demain, préparez-moi mon passeport et mon billet, je passerai en coup de vent.

– Bonsoir monsieur.

En fermant la porte en verre dépoli, il se pencha, se régalant d'avance de se pencher autrement sur le vuillaume il se rendit compte qu'il avait, dans sa précipitation à fermer la boîte pour que Julien ne se doute de rien, enfermé son autoportrait avec le violon. Mais, au même moment, un effroyable étau, une monstrueuse brûlure, lui écrasèrent la poitrine, et une souffrance inconnue, une déchirure atroce, lui firent accrocher sa veste, et, la douleur le pourfendant, le pliant, l'achevant, il pensa mourir d'avoir mal à ce point, il voulut crier pour exorciser une telle blessure, il ne se sentait plus rien d'autre qu'une plainte ; enserré, il tomba, ne pouvant plus tenir debout, broyé. Changer la statue de boîte.

– Monsieur répondez-moi, monsieur je vous en prie.

Il n'avait plus mal, mais il n'arrivait pas à ouvrir les yeux, la voix d'Annick lui parvenait lointaine, tout son effort concentré, retenant son souffle pour maintenir le monstre broyeur à distance, la douleur plus sourde, tolérable à présent, moins aiguë à condition de ne pas bouger ; s'il avait été debout dans cet état, il n'en serait pas tombé ; dans la chute, la déchirure avait atteint le ventre, trou noir, plus basse, la poitrine avec l'enclume dessus, il ne fallait pas respirer. Il sentit le froid comme la peau d'un poisson, mais mieux, il fallait que ce soit mieux, sinon il allait mourir, il ne fallait pas, il avait tant de choses à faire. Changer la statue de boîte.

– Monsieur, ne vous inquiétez pas, j'ai appelé le Samu, ils arrivent.

Le poignard dans la plaie le rongeait, le Samu, il ne voulait surtout pas qu'on le bouge : je suis mieux, j'ai peur que ne revienne cette chose qui m'a lacéré de part en part, laissez, laissez, je vais me relever dans quelques instants, c'est le genou qui m'a lâché dans l'escalier, je n'ai rien de cassé au moins, je ne veux pas bouger, pas même ouvrir les yeux, j'ai peur de souffrir cet enfer. Ne vous inquiétez pas, tout va aller bien, ils vont arriver. Je ne suis pas inquiet, je vous entends, je ne peux pas répondre, je me sens froid, je voudrais une couverture. Ouvrez seulement les yeux, que je sache que vous êtes vivant. Je suis vivant, puisque j'ai mal, parfaitement vivant puisque je vous entends, mais chut, il ne faut pas que la douleur revienne, c'est pour ça que je ne bouge pas.

Ah ! Les voilà enfin. C'est ici, Messieurs, c'est ici, dépêchez-vous ! Je vous en prie, pourvu qu'il ne soit pas trop tard !

Mais non, je suis là, j'ai froid, c'est tout, je ne peux pas bouger, ce n'est pas trop tard, ils arrivent pour me mettre une couverture et dans deux minutes, je serai debout à boire le champagne avec eux, il y en a une caisse, il faudrait le mettre au frais, pour le vuillaume. Ils me touchent, je me sens loin, ils me bougent et la douleur ne revient pas. Infarctus massif. Mais non, le cœur va bien, voyons le vuillaume, la statue, le champagne. Donne de quoi le piquer, et de l'Isuprel, vite, il avait le cœur malade. Non, il était en pleine santé. Mais oui en pleine santé, le cœur parfait, quelques accélérations quand je vois une blonde, ils m'ont piqué le bras droit, j'ai senti quelque chose, j'aurais cru qu'après une douleur pareille, je ne sentirais plus jamais rien, je me sens moins froid. C'est curieux, il a une souffrance myocardique mais pas un infarctus franc. Je le sais que j'ai une souffrance, ils sont drôles, je me sens moins poisson froid, peut-être puis-je tenter d'ouvrir un œil. Il y en a du monde, c'est fatigant à voir, je referme, je n'ai pas vu Annick, ils sont blancs. T'as eu le régulateur. Oui, on va à la Pitié. Des mots étranges qui se croisent autour de ma tête, j'ai le sentiment que si je faisais un effort, je pourrais comprendre ce qu'ils disent, je n'ai pas envie de mourir, faites ce qu'il faut les gars, je veux vivre, maintenant que j'ai moins mal, je me sens plus chaud, j'ai réussi à ouvrir un œil et à les voir, je vous fais confiance les gars, pour boire le champagne à ma santé. Doucement. Doucement, je suis d'accord, vous pouvez y aller je n'ai pas plus mal quand on me bouge. C'est pas la peine de coquiller je pense qu'il n'y a rien de cassé, je crois que c'est le malaise qui a entraîné la chute. En voilà un qui est malin, comme je ne peux pas leur dire, il faudra bien qu'il y en ait un qui fasse le détective, pourquoi je serais tombé dans cet escalier que je connais par cœur. C'est bon, les gars, on y est. Vous prévenez sa famille qu'on l'emmène à la Pitié. Ma famille. Je n'ai pas de famille, ce sera plus facile il n'y a personne à prévenir. Leur truc, ça fait un bruit. Il a un meilleur pouls, sa tension reste très basse, je ne sais pas ce qu'il a. Moi non plus, j'ai eu mal, c'est tout. J'ai l'impression qu'il émerge un peu. J'essaye, c'est pas facile, avec le boucan de la sirène en plus, j'ai moins mal, la douleur est plus diffuse, je la sens dans le dos maintenant, et dans le cou, moins forte.

Je me sens froid à nouveau, le bruit s'est arrêté, trou noir, j'ai froid. Dissection aortique jusqu'aux rénales. C'est foutu. De qui parlent-ils ? Où suis-je ? Il y a des gémissements près de moi, celui qui est foutu geint. Pauvre type, c'est foutu, ils ont dit ; ça veut dire que pour lui ils ne feront rien, se croiser les bras ; heureusement moi, la douleur s'est encore estompée, juste j'ai froid, ils pourraient me mettre une couverture, j'ai froid, au moins je n'ai plus mal, j'aurais pu mourir de la douleur, ça oui, insupportable, mais je vais mieux, je les ai entendus, meilleure tension, il émerge, il y avait le bruit, il n'y a plus, j'avais plus chaud. Ils pourraient me mettre une couverture. Ils me prennent les deux mains.

Mais à nouveau, la douleur fulgurante, fulgurante, le poignard, cette fois-ci, c'est déjà, c'est vraiment, fini.